KB132355

스모킹 오레오

스모킹 오레오

새소설

07

김홍 장편소설

자음과모음

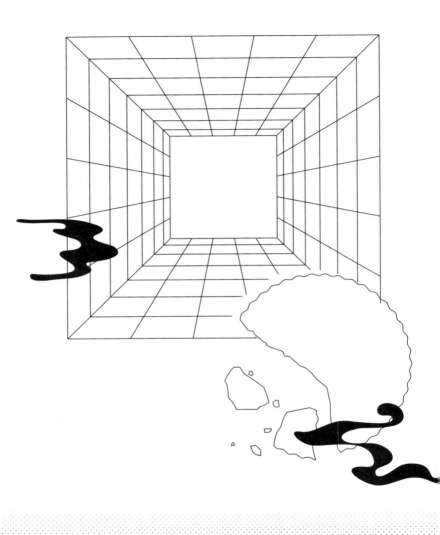

차례

§

게임을 시작하시겠습니까?

안녕하십니까. 한국의 창작자 여러분. 언제나 당신들을 지켜보고 있다.

높게 평가한다. 당신들의 능력을. 무엇이든 만들어낼 수 있는

고귀한 자질을. 당신들은 만들었다. 많은 것을. 하지만 아직까지

총을 만들어본 적은 없지 않으신가요? 완벽한 M4A1의 도면과 함께

충분한 자금. 적절한 자원. 당신의 능력. 합쳐진다면 당신도 만들 수 있다.

총을.

이것은 한국의 실정법에 어긋나는 일입니다.

우리의 법률 검토에 의하면 당신은 한국에서 총을 만들 경우 사법당국의 수

사 대상이 되며 총포 · 도검 · 화약류 등의 안전관리에 관한 법률에 의거 5년

이하의 징역 또는

1천만 원 이하의 벌금에 처하도록 되어 있습니다.

우리는 책임질 수 없다. 당신의 법률적 문제에 관해.

어떠한 법률적 조언이나 자문을 비롯해 밀항, 도주,

정치적 망명 등을 통한 사법적 책임의 회피에

조력할 의사가 없음을 분명히 밝힙니다.

그럼에도 불구하고, 당신은 만들 수 있다.

미군의 완벽한 제식 소총 M4A1을 당신의 손으로.

우리는 상세한 도면, 함께 충분한 자금, 적절한 자원을 제공하겠다.

이것은 게임이다.

당신은 게임에 참여할 준비가 되어 있습니까?

당신은 링크를 통해 케이맨 군도 은행의 계좌를 만들 수 있습니다.

우리의 전문가가 당신의 계좌 개설을 도와줄 것입니다.

https://www.offshorecompany.com/ko/banking/best/cayman-
islands/banks/

케이맨 군도 은행. 60000 바로 아래에 인구가 3개밖에

없는 케이맨 제도는 극소수의 카리브 국가입니다.

하지만 그 크기가 너를 속이게 하지 마라.

케이맨 군도는 세계에서 거인입니다. 역외 은행.

게임을 시작하면 즉시 입금한다. 우리는 약속 지킨다.

당신은 그 돈으로 완벽한 M4A1을 만들어

쏘세요.

다른 데 써도 된다. 치킨 사 먹어도 된다. 하지만

반드시 만들어져야 합니다. M4A1.

이 게임에는 존재한다. 거대한 보너스.

가장 먼저 성공한 한국의 제작자에게 비트코인 1000개를 드립니다.

절대 추적 불가능한 가상화폐. 시세가 자꾸 변하는 것은,

우리도 어쩔 수 없다. 미안.

시작된 게임은 중단할 수 없다. 경고한다.

시작된 게임에서 회피하면 당신은 책임을 지게 된다.

안녕하십니까. 한국의 창작자 여러분. 이 게임에 참여하고 싶다면

지금 즉시 reply 해주시기 바랍니다.

응. 그래요. 할게요. OK. 아무렇게나 써도 좋습니다.

게임은 당신의 reply와 함께 즉시 시작된다.

Best Regards,

총.

P.S. 총알bullet 인천에 많다.

오수안

노란 풍선이 하늘을 날면

기억이 시작하는 곳에 오레오가 있다. 나는 오레오를 먹고 있다. 입안에서 곤죽이 된 마시멜로와 쿠키를 목구멍으로 조금씩 밀어넣는다. 예전에는 오레오를 그런 식으로 먹지 않았던 것 같다. 아니, 예전의 일들이 정확히 기억나지를 않는다. 내 입속에 있는 게 오레오라는 것 말고는 아무것도 확신할 수 없다. 오레오를 가져오는 건 간호사. 때론 의사.

"기억나는 게 있나요?"

매번 내게 묻는다. 오레오 하나에 질문 하나씩 하기. 그런 규칙이라도 있는 것 같다. 하지만 나는 정말 대답할 수 있는 게 없다. 오레오 이전의 기억은 전부 지워진 것만 같다. 간호사가 돌아다니고, 의사는 쌀쌀맞고, 벽과 천장이 하얗고, 나의 옷은 헐렁했다. 그러므로 이곳은 병원이었다. 그걸 깨닫는 데 며칠이 걸렸다. 밥은 주지 않았다. 손등에 꽂힌 링거 바늘 덕에 먹지 않아도 괜찮은 듯했다. 그런데도 내 입속에는 오레오가 있다. 씹을 수 없어서 침으로 녹이려면 꽤 오랜 시간 동안 오레오를 물고 있어야 한다. 의지를 갖고 하는 일은 오레오뿐이다.

의지,

라는 단어를 떠올리는 데 오랜 시간이 걸렸다.

사람들이 계속 찾아왔다. 낮은 익었는데 누군지는 죄다 물음표였다. 다시 보면 느낌표. 어떨 때는 네모였다가 세모처럼 보이는 이도 있었다. 의사에게 물었다. 자꾸만 나를 찾아오는 저 사람들은 누구냐고. 사실 그렇게 유창하게 말하지는 못했다. 그래도 의사는 참을성 있게 내 질문을 알아들으려고 노력했다.

"그럼 제가 의사인 건 어떻게 아시는 거죠?"

"가. 가. 가. 가…… ㅇㅜ."(가운을 입고 있으니까요. 설마 저를 바보 취급하는 건 아니죠?)

의사는 고개를 끄덕이며 차트에 무언가를 끄적거렸다.

11

오레오 이전의 기억이 아예 없는 건 아니었다. 어린 시절. 아주 어려서 생각한 것을 말로 옮기지 못하던 시절을 기억할 수 있었다. 그렇게까지 어린 시절을 기억하는 게 흔한 일이던가? 내 생각에는 온전한 기억을 잃어서 이전에 기억하지 못하던 걸 기억하는 것 같다. 증명할 수는 없지만 그럴싸한 가설이다. 그때 나는 소품용 아기였고 집보다 촬영장에 있는 시간이 더 많았다. 아기이면서 소품인 것. 울면서 엄마를 찾는 나를 내가 보고 있다. 기억을 들여다보고 있다. 촬영장 한편에서 몸을 뒤집으려고 애쓰는 내가 안쓰럽다. 옹알이를 시작한 지 얼마 되지 않았다.

"씨발."

씨발이라고 들리지는 않았을 거다. 하지만 씨발, 이라고 한 것은 분명히 기억난다. 촬영장의 모든 사람들이 가장 많이 쓰는 말이었다.

"씨발. 씨발. 씨이이이발."

눈이 조여들 만큼 환한 조명이 거슬렸다. 고개를 돌려봤지만 몸이 마음처럼 움직이지 않았다. 그 당시의 내 신체 능력은 병원 침상에 누워 있는 지금과 비슷한 수준이었다. 배선을 타고 쥐가 지나가면 조명이 출렁거렸다. 그것이 내 머리를 향해 떨어질까 봐 겁이 났다. 선이 끊어지더라도 포물선을 그리며 떨어질 수는 없다. 그걸 알았다면 조금 덜 무서웠을 텐데. 저 조명이 나의 좆만 한(이것도 촬영장의 사람들이 흔히 쓰는 말 중 하나였다) 대가리(이건 드물게 쓰는 말이었지만 마음에 드는 단어라 기억하고 있었다)를 깨부수고도 남을 거라는 생각에 하염없이 울어댔다. 그렇게 씨발씨발 하고 있으면 엄마가 왔다. 요람에 누인 나를 번쩍 들어올려 볼과 볼을 맞대어 부볐다.

내가 그 감촉을 상당히 좋아했다는 것 역시 어렴풋이 기억난다. 엄마는 내 엉덩이에 팔을 두르고 머리를 어깨에 뉘었다. 아기를 품에 안는 완벽하게 안정적인 자세였다. 아이를 낳는다면 바로 저 자세를 배워야 한다(고 기억을 떠올리는 나는 생각한다). 엄마와 떨어져 있는 시간은 그리 길지 않았다(는 것을 이제야 알 것 같다. 그때는 너무나 두렵고 길게만 느껴진 시간이었다). 나는 엄마를 원망했던가? 그 부분도 기억해보려고 했지만 기억나지 않았다.

세상의 모든 아기들에게 잘해줘야겠다고 결심해본다. 사람들은 몇 살부터 자신의 온전한 기억을 갖고 있을까? 다섯 살? 세 살? 인간의 뇌는 배아기의 2주 차부터 형성된다. 성인의 뇌처럼 정확한 형태는 아니지만 중추신경계라고 할 만한 것이 꼴을 잡아가는 것이다. 이런 걸 어떻게 알고 있는 거지? 병원 침대에 눕기 전 나는 혹시 의사였을까? 완전히 회복된 다음에 내가 입어야 할 옷이 바로 저하얀 가운은 아닐까? 이제까지는 의사라는 직업에 대해서 재수 없게 생각한 것 같은데, 그랬을 것으로 예상이 되는데, 예상밖에 못 하는 건 내가 정확히 어떤 생각을 했는지 기억을 할 수 없기 때문인데, 확실히 재수 없게 생각한 건 맞는 것 같다. 회진 도는 의사를 보면 두통이 밀려오고 발끝이 저릿하니까. 나는 그것이 짜증이라는 감정과 관련 있다는 관찰을 하고 있다. 누워 있는 나는 모든 것을 관찰하고 분석한다. 기록은 못 한다. 기억하려고 노력한다. 아이들에게 잘하자. 잘할 것이다. 회복돼서 이곳을 걸어나갈 수 있다면. 그리고,

김 반장을 죽여야 한다. 내 허리를 꼬집던 사람.

"애기 엄마, 이번 씬은 울어야 하니까 애기 울면 말 좀 해줘."

하지만 나는 울지 않았다. 이런저런 슬픈 생각이 들어서 이미 너무 많이 울기도 했고, 김 반장이 울어야 한다고 하니까, 남이 시켜서 우는 건 기분 상하는 일이니까, 일부러 울지 않았다. 엄마는 애가 타는 듯 촬영장 구석을 뱅글뱅글 돌았다. 엄마, 미안해. 근데 나도 싫은 건 싫은 거야.

그런 생각을 한 게 생생히 기억난다. 보란 듯이 손목시계를 연신 들여다보던 김 반장이 이어셋을 벗고 다가온다. 야구 모자를 벗자 사흘 동안 묵혀놓은 찜질방의 빨래 더미 같은 썩은 내가 코를 찌른다. 김 반장은 눈을 가운데로 모아 '에배배' 하고 나를 놀린다. 내 몸을 간질이는 시늉을 하면서 허리 살을 비튼다. 울음을 참는 건 울지 않기보다 어렵다. 엄마는 김 반장이 내 허리를 꼬집었다는 걸 알았을까? 몰랐을까? 엄마에게 책임을 묻고 싶지는 않다. 하지만,

김 반장은 반드시 죽인다. 내가 이곳을 걸어나갈 수 있다면.

나는 조금씩 회복되어간다. 매일 하나씩 새로운 걸 배운다. 나를 찾아오는 사람들 중 한 명이 엄마였다는 것도 이제 알았다. 엄마와 나 사이에 무슨 일이 있었는지 정확하게 기억나지는 않지만, 배가 뜨끈해지면서 눈물이 왈칵 쏟아지는 걸 보니 우리 모자는 애틋한 사이였던 것 같다. 나는 내가 엄마를 사랑하고 있다는 걸 알았다. 엄마가 김 반장의 만행에 대해 얼마나 알고 있었는지에 대해서는 추궁하지 않기로 했다. 언젠가부터 나는 오레오를 씹어 먹

는다. 당근을 처음 씹어 먹는 아이처럼 얼굴을 잔뜩 찌푸리면서. 하지만 그건 내가 행복해서 짓는 표정이다. 아직은 표정 역시 내 마음처럼 되지 않는다.

"저작 활동이 활발해지고 있어요. 정말 고무적인 일입니다."

"다시 예전처럼 돌아갈 수 있을까요?"

"예전과 같을 수는 없겠죠. 하지만 꾸준히 재활하면 정상에 가까운 생활을 할 수 있을 거예요."

"정상에 가깝다는 건 어느 정도를 말하는 거예요? 뛸 수 있나요? 등산은요? 수영도 할 수 있나요? 우리 애가 겨울에 스노보드 타러 가는 걸 좋아했는데 그런 것도 다 할 수 있는 건가요?"

"어머니, 희망을 갖고 지켜보면 꼭 보답이 올 겁니다. 의사로서 할 말은 아니지만, 정말로 기적적인 회복세라고 할 수 있어요. 저도 매일 밤 잠들기 전에 오 군을 위해 기도하고 있습니다. 그런 기도는 온 세상 모든 것이 있음에서 생겨나고, 있음이 없음에서 생겨난 것이랑 비슷한 일이죠. 그러나 우리는 웃음거리가 되지 않으면 기적이라고 할 수 없는 겁니다. 만물은 음을 업고 양을 안는 것이니……."

잠도 아니고 의식도 아닌 것에서 갑자기 떠밀려 나간 것처럼 번뜩 깬다. 어디부터 꼬였는지 기억나지는 않지만, 의사와 엄마의 대화 중간쯤부터 다른 생각을 한 것 같다. 대충 들어보면 이런 내용이다. 내가 턱을 움직여 오레오를 열심히 씹는 걸 보니까 죽지는 않을 것 같다는 것. 뒤에 붙은 말은 언제 어디서 나타난 것인지 알 수가 없다. 내가 저런 글을 읽은 적이 있던가? 들은 적이 있던가? 하지만 내 관심은 다른 것에 온통 쏠려 있다. 회복한 뒤 해야 할 일이 무언지를 정했기 때문이다. 할리우드 영화의 주인공 같은 심정이다. 주제는 복수다. 이렇게 병원에서 망가진 상태로 시작되는 영화가 있었다. 그래. 그것은 〈킬 빌〉이다. 기억이 조금씩 회복되어가는 것 같다. 나는 이제 〈킬 빌〉을 떠올릴 수 있고, 타란티노의 영화를 보면 예외 없이 잠들곤 했다는 걸 생각한다. 유일하게 잠들지 않고 끝까지 봤던 건 〈장고〉다. 〈킬 빌〉에는 우마 서먼이 나오는데, 나는 지금 우마 서먼의 심정으로 단 하나의 목표를 벼리고 있다. 김 반장을 죽인다. 걸음마도 못 뗀 나의 허리를 꼬집은 새끼. 좆같은 새끼. 눌러쓴 모자를 벗으면 썩은 내를 풍기던 더러운 새끼. 우마 서먼의 극 중 이름은 기억나지 않지만 복수의 대상은 잊을 수 없다. 제목에 써놨으니까. 킬, 빌. 그러니까 나는 지금 〈킬 김〉의 주인공인 셈이다.

타란티노를 보면 왜 잠이 왔을까? 타란티노는 꽤 유명한 감독이고, 상도 많이 받았고, 봉준호도 좋아하는 대단한 사람인데. 〈헤이트풀8〉을 볼 때는 심지어 영화관에서도 잤다. 그냥 잠에 빠져들었다. 그나마 〈킬 빌〉의 내용을 기억하는 건 여러 번 봐서 그렇다. 케이블 영화 채널에서 자주 틀어줬으니까. 타란티노의 어떤 영화를 보면 자는 게 아니라 타란티노의 영화를 볼 때마다 무조건 잤다. 〈저수지의 개들〉〈바스터즈〉〈데쓰 프루프〉 최근에 개봉한 〈원스 어폰 어 타임 인 할리우드〉 등등. 보면 무조건 잤다. 왜? 모르겠다. 나에게 잠을 쏟아지게 하는 비슷한 다른 감독이 있나? 없는 것 같다. 타란티노만 봤다 하면 잤다. 나는 오레오를 씹으며 예전에 보고 읽은 것들을 기억해보려고 노력한다. 시간이 뒤죽박죽 흘러간다. 죽도록 지루한가 하면 멍 때리는 사이에 몇 시간이 흘러가 있다.

아무리 떠올려도 한 가지는 기억나지 않는다. 나는 왜 여기에 누워 있는 거지?

하얀…… 천장?

밝은…… 빛?

여기는…… 어디?

나는 지금 〈신세기 에반게리온〉을 흉내 낸 것이다. 어쩌면 나는 에반게리온의 파일럿 아야나미 레이와 비슷한 상황인 게 아닐까? 그래서 머리에 붕대를 감고 있는 것일까? 에바 같은 건 타고 싶지 않은데.

"약 들어갈게요."

간호사가 수액 관에 주사를 넣는다. 하루 중 가장 기분 좋은 시간이다. 생각들이 머릿속을 날아다니고, 두개골에 부딪치며 폭죽을 터뜨린다. 그 폭죽의 불꽃이 한강 수면에 떨어져 치익, 소리를 내고 연기를 내며 꺼져가는 장면을 관찰한다. 하나하나 볼 수 있다는 게 중요하다. 놓치지 않는다. 52만 8천 6백 72개의 불꽃이 수면에서 아스러지는 것을 동시에 느끼는 것. 그것은 대단한 경험이다. 하루 종일 약을 맞고 싶다는 생각을 하기도 한다. 물에 닿아 꺼지는 불꽃을 스무 시간쯤 보고 있는데(실은 30분 정도가 지난 뒤에) 한 남자가 나타난다.

"과자 사 왔다."

과자라면 언제나 오레오다. 자주 본 얼굴인 저 남자가 누군지도 이제야 알 것 같다. 아빠다. 어쩐지 늘 엄마와 함께 오더라니. 아, 그러니까 이게 나의 아빠군. 이 사람이 나의 아버지였군. 근데 김 반장의 얼굴이군. 김 반장이군. 아! 김 반장이네? 침대에서 내려오면 김 반장을 죽이려고 했는데, 그게 나의 목표이자 〈킬 김〉의 메인 스토리인데. 김 반장이 우리 아빠네. 김 반장이 정말로 우리 아버지인가? 아니면 나를 꼬집은 그 남자의 얼굴에 아빠의 얼굴을 끼워 넣었던 걸까? 많은 것을 회복했지만 아직은 확신할 수 없는 것이 너무 많다. 내 기억의 일부는 공중에서 팡팡 터지는 폭죽과도 같다. 내가 기억하는 것은 기억이 맞을까? 어디선가 보고 읽고 들은 것의 변형일 가능성은 없을까?

사고 실험에 돌입한다. 김 반장은 없다. 소품용 아기도 없다. 나도 없다. 아무도 없고, 여긴 병원도 아니다. 내가 몸을 움직일 수 없는 건 몸을 갖고 있지 않기 때문이다. 몸이라는 환상은 내 의식이 만들어낸 소망일 뿐이다. 그렇다면 생각하고 있는 나는 누구인가. 사고 실험을 중지한다. 사고력에는 문제가 없는 듯하다. 나는 정말 많은 생각을 할 수 있게 됐다. 이렇게 많은 생각을 할 수 있다는 건 컨디션이 정말 많이 좋아졌다는 신호이기 때문에 소박한 기쁨을 느낀다. 나는 이제 많은 것들을 기억해낼 수 있다.

나의 이름과 나이, 살던 곳의 주소를 기억한다.

부모를 기억한다.

내가 알고 지내던 사람들의 얼굴과 그들의 장단점을 기억한다.

의사를 알아볼 수 있다. 그들은 재수 없다.

간호사의 근무 교대 시간을 알아맞힐 수 있다. 시계를 보지 않고도 느껴진다.

가끔씩 아버지가 밀어주는 휠체어를 타고 6층에 있는 공중 정원을 둘러본다.

손을 천천히 움직여 오레오를 오독오독 씹어 먹는다.

하지만 아직도 기억나지 않는 게 하나 있다.

애초에 나는 왜 여기에 들어오게 된 걸까. 머리에 붕대를 두르고 있는 이유가 뭘까. 저들이 나의 두개골을 열었다가 닫았다고 한다. 왜 그랬을까? 무슨 일이 일어났던 걸까. 노란 풍선이 하늘을 날아간다. 병원에 풍선을 들고 오는 아이는 드물다. 병원은 놀이공원이 아니기 때문이다. 병원에서 풍선을 들고 있을 수 있는 아이는 병든 아이다. 그렇지 않으면 풍선을 들고 있을 자격이 없다. 병원은 놀이동산이 아니고, 병원의 아이는 건강한 아이가 아니기 때문이다. 내가 병원을 운영한다면 병원에 들어오는 모든 아이에게 풍선을 나눠주거나, 어떤 아이도 풍선을 들고 있지 못하게 할 것이다. 돈이 아무리 많아도 의료 면허가 있지 않는 한 병원을 소유할 수는 없다. 면허만 사들여 운영하는 병원을 사무장 병원이라고 한다고 한다. 내가 어느 병원을 소유한 의사이거나 사무장 병원의 사무장이라면 어떤 아이에게도 병원에서는 풍선을 들고 있지 못하게 할 것이다. 그것은 나의 병원이기 때문이다. 하지만 나는 나의 병원에 입원하지 않았고, 어느 병원의 사무장도 아니고, 그날 공중 정원에는 피에로가 와 있었다. 머리에 털실로 짠 모자를 쓴 꼬마가 헬륨 가스를 넣은 노란 풍선을 손에서 놓쳤다. 그 아이는 여덟 살처럼 보이지만, 아픈 아이들은 나이를 좇아 성장하는 데 어려움을 겪는다. 나는 그 아이의 나이를 알지 못한다. 하지만 분명한 건 그 아이의 풍선이 하늘로 날아올라갔다는 것이다. 풍선을 쥘 힘이 없을 만큼 약한 아이에게 풍선을 준다면 그 아이는 자신의 허약함에 대해 오래 생각할 것이다. 그것이 내가 병원에서 풍선을 금지하려는 이유다. 풍선은 하늘로 계속 올라가다가 얼마 지나지 않아 새를 만났다. 낮게 날아다니는 새다. 풍선을 만난 새는 부리를 까딱인다. 새를 만난 풍선은 산산조각 나며 소리를 낸다.

빵.

그 순간 기억해냈다.

나는 총을 맞고 입원했다. 병원에 올 때 내 머리엔 총알이 박혀 있었다.

윤정아
그런 일은 일어나지 않았습니다

"윤정아 씨, 그래서 오늘은 뭐가 두렵죠?"

"우리 아주가 갑자기 죽는 거요."

"아드님 말씀이시죠? 아드님은 지금 어디에 있을까요?"

"집에 있거나…… 집에서 막 나왔을 거예요. 조금 뒤에 나와 만나기로 했거든요."

"어디 있는지 모르기 때문에 두려운 건 아닐까요? 아주에게 지금 메시지를 보내봐요. 어디에 있는지 확인하면 안심이 될 것 같은데요."

"아주는 내가 연락하는 걸 싫어해요. 대신에 약속을 정하면 꼭 그 자리에 나타나죠. 중간에 확인하면 간섭한다고 뭐라 하죠."

"오늘 만나서는 뭘 하기로 했죠?"

"함께 식사를 할 거예요. 아주가 좋아하는 가게에서 브런치를 먹기로 했거든요."

벽에는 액자가 걸려 있다. 캔버스에는 얼룩이 덧칠돼 있다. 파스텔 톤으로 시작해 원색으로 흘러가듯 진해지는 그림이다. 붓의 질감이 느껴진다. 저 그림을 그리기 위해 꽤 많은 물감을 썼을 것 같다. 중력의 영향을 표현한 듯 위에서 아래로 붓을 쏠어냈다. 색의 경계를 구별해내기 힘들다. 로스코를 흉내 내기로 결심한 화가가 로스코와 달라 보이기 위해 여러 가지 색을 섞은 게 분명하다고 정아는 생각한다. 정아는 이 대화를 위해 한 시간에 30만 원을 낸다. 그에게는 대단한 돈이 아니다. 유기농 제품만을 판매하는 매장에서 카트를 끌고 가볍게 한 바퀴를 돌았을 때 영수증에 찍히는 금액과 비슷한 정도다. 정아는 사흘에 한 번 유기농 마트에 간다. 이곳에는 일주일에 한 번 들른다.

"엄마와의 브런치를 위해 기꺼이 시간을 내는 아들이군요. 다정해요. 정서적인 거리가 멀다고 느껴지지 않는데요."

"저는 우리 애와 친해요. 나는 아들을 사랑하고, 아이는 나를 아끼죠. 그래서 더 불안해요. 걔가 갑자기 죽어버릴

까 봐. 그 아이는 한동안 힘든 시기를 겪었어요. 회복하는 데 시간이 필요했죠. 하지만 나는 전혀 안심할 수 없어요. 그 애가 알 수 없는 병으로 갑자기 쓰러지면 어떻게 하죠? 그때 내가 곁에 없으면요? 덤프트럭이 신호 위반을 할 수도 있잖아요. 무거운 짐을 실은 차는 급하게 정차하면 짐이 다 쏟아지잖아요. 그래서 애매한 신호일수록 더 속력을 낸다는 거 알고 계시죠? 그때 내 아이가 이어폰을 귀에 꽂고 길을 건너고 있다면 어떻게 될까요?”

“그렇다면…… 당신의 아들에겐 큰일이 생기겠죠.”

“그런데 제가 어떻게 불안하지 않을 수가 있을까요.”

“지난주의 이야기로 돌아가볼까요. 지난주에는 무엇이 두려웠다고 이야기했죠? 차트를 들춰볼 필요도 없군요. 나는 분명히 기억하고 있어요. 당신 이웃에 관한 이야기였죠.”

“옆집 운전기사가 우리 차의 헤드라이트를 박살 낼까봐 두려웠어요.”

“왜 그것이 두려웠죠? 한 번 더 말해봐요.”

“차고 앞에서 그 차와 마주쳤고, 내가 모르고 하이빔을 켰어요. 그 사람을 향해서. 나는 그게 그 사람에게 모욕감을 줬을 거라고 생각했어요.”

“그리고 한 주가 지나 다시 이곳에 왔네요. 지금 차는 어때요. 헤드라이트에 상처가 났나요?"

정아가 의사를 찾아오는 이유는 단 하나다. 그와 대화하면 일주일 치의 안심을 얻는다. 치료를 시작한 지 얼마 되지 않았을 무렵 일주일을 채우지 못하고 다시 병원을 찾은 적도 있다. 진료받은 지 3일 만의 일이었다. 집에서 키우는 골든 레트리버가 자신의 목덜미를 물어버릴 것 같아 숨도 쉴 수 없었다. 개는 마당과 집을 자유롭게 돌아다녔다. 2층에서 내려갈 수도 없었다. 그는 화재를 대비해 만든 비상용 미끄럼틀을 타고 내려와 도망치듯 자기 집을 빠져나왔다. 택시를 불러 타고 예약도 없이 병원을 찾아갔다. 의사는 다른 환자를 진료 중이었고, 진행하던 상담을 10분 일찍 끝냈다. 다음 타임에 예약되어 있던 환자에게도 정중히 양해를 구했다. 급한 환자가 있는데 그를 위해서 당신의 10분을 빌려줄 수 있느냐고. 덕분에 정아는 20분간 의사와 대화를 할 수 있었다. 진료비는 한 타임과 동일하게 계산됐다. 그는 다시 30만 원어치의 안심을 얻었다. 개밥을 주기 위해 마당을 가로질러 갈 수 있었다.

정아는 어떤 이유에서든 사람이 갑자기 죽을 수 있다고 생각한다.

죽지 않더라도 죽을 만큼 다치거나 아플 수 있다고 믿

는다.

하던 일이 모두 망가지고, 지금 살고 있는 넓은 저택에서 쫓겨나 길거리를 헤맬 수도 있다고 생각한다.

다른 사람들과는 달리 의사는 정아의 우려를 반박하지 않았다.

"맞아요. 그런 일은 모두에게 일어날 수 있어요. 저도 때로 두려워요. 나는 매일 아침 일어나 병원에 출근하기 전까지 한 시간 동안 양재천을 달려요. 그런데 갑자기 두려워질 때가 있어요. 양재천은 얕은 강이고, 악어는 덩치가 크지만, 체고로만 따지면 납작한 편에 속하는 파충류죠. 저 강물 아래 악어가 엎드려 있다가 용수철처럼 몸을 팅겨 내게 달려든다면, 조깅하고 있는 내 왼쪽 다리를 뼈가 보일 만큼 깊게 물어 질겅질겅 씹는다면 나는 어떻게 될까요? 내게도 그런 두려움이 있어요. 하지만 나는 매일 아침 일어나 양재천을 달리는 걸 멈추지 않아요. 어째서일까요? 이곳은 캘리포니아가 아니고, 동물원의 악어가 탈출했다면 뉴스에서 미리 알려줄 것이고, 내가 그 뉴스를 미처 보지 못하더라도 긴급재난문자가 내 핸드폰을 울릴 것이기 때문일 수도 있죠. 그런 이유도 분명 있어요. 하지만 가장 중요한 이유는 그것이 아니에요. 나는 그런 생각이 들 때마다 나 자신에게 이런 말을 해주죠."

의사는 정아가 되묻기를 기다리기라도 하듯 잠시 멈췄다. 답을 알고 있는 정아는 말없이 고개를 끄덕이기만 했다.

"그런 일은 일어나지 않았다."

의사는 다음 말을 기다리지 않고 이어나갔다.

"나는 어제도 그랬고, 오늘도 조깅을 했습니다. 뜨거운 물로 샤워를 하고, 병원에 출근했습니다. 그러니까 말이죠, 그런 일은 일어나지 않았습니다. 그래서 나는 내일도 병원에 나올 겁니다."

그런 일은 일어나지 않는다.

의사는 정아에게 이 문장을 반복해서 떠올리도록 조언했다. 길을 가다가 갑자기 화분이 머리 위로 떨어질 것 같아 거리에 나오지 못할 때마다, 정아는 의사의 조언을 떠올렸다. 그런 일은 일어나지 않았다. 18층 건물 위로 아슬아슬하게 짐을 올리는 스카이 사다리차 밑을 종종걸음으로 지나칠 때도 자신에게 속삭이곤 했다. 그런 일은 일어나지 않았다. (하지만 그런 일은 종종 일어났다. 그걸 생각하면 정아는 달리기 시작했고, 목덜미가 땀으로 축축해질 때까지 멈추지 않았다. 그는 어렸을 때부터 남달리 숱이 많았고, 그의 언니는 정아의 풍부한 머리숱을 부러워했다.) 정아는 그 의사가 주는 일주일 치의 안도감을 사기 위해 돈을 지불했다. 그가 큰 병원의 정신건강의학과 과장으로 오래 봉직했고, 여성의학회가 수여하는 이달의 의사 상을 여러 번 수상했으며, 권위 있는 의학 잡지에 전전두엽과 불안 장애에 관한 의미 있는 논문을 여러 편 게재했기 때문에 그를 찾아간 게 아니었다. 유기농으로 길러낸 파프리카를 비싼 가격에 사는 것을 개의치 않듯이, 일주일 치 안도감을 돈으로 사는 것은 합리적이고 편리한 일이었다. 하지만 정아의 불안은 근본적으로 해소될 수 없었다. 그는 사실 다른 질문을 하고 있었기 때문이다. 아침에 눈을 떠 자기 몸을 가볍게 덮은 구스다운 이불을 걷어내며, 날이 갈수록 침침해져가는 눈에 안약 두 방울을 떨어뜨릴 때, 입주 가정부가 차려놓은 아침을 먹기 위해 계단을 내려갈 때 정아가 생각하는 것은 '그런 일은 일어나지 않았다' 따위가 아니었다. 그는 자신에게 묻고 있었다.

그런 일은 왜 아직까지 일어나지 않는가?

"아들에 대해서 더 이야기하고 싶은 게 있나요?"
"아주는…… 독립적인 아이예요. 저와는 다르죠. 자기가 뭘 원하는지 정확히 알아요."

"훌륭한 일이네요. 좋은 일이에요. 그 나이의 다른 아이들이 전부 다 그렇게 성숙한 건 아니랍니다."

"아니요. 그 아이는 성숙한 게 아니에요. 사실 전혀 모르고 있어요. 생각해본 적이 없어요."

"무엇을 모르고 있죠?"

"자기가 왜 무언가를 정확하게 원할 수 있는지를요. 왜 다른 아이들은 그렇게 하지 못하는지. 말하자면…… 그 아이는 유리온실 속의 화초예요. 정해진 시간에 천장 정중앙에 위치한 스프링클러에서 안개가 뿜어져 나오고, 벽을 따라 설치된 열선에서 부족한 온도를 채워줘요. 그래서 그 아이는 무언가를 원할 수 있죠. 저는 두려워요. 온실 유리창에 구멍이 나고, 전기가 끊기고, 물이 공급되는 수도가 파손됐을 때 그 아이는 버틸 수 있을까요?"

"당신이 계속해서 새로운 걱정을 만들어내는 이유는 뭘까요? 우리는 그걸 위해 아주 많은 작업을 해야 해요. 전체적인 타임라인으로 보면 시작조차 하지 못했어요. 하지만 조금 섣부르게 말하자면, 의사로서의 감으로 이런 정도의 생각은 들어요. 당신은 끝없이 살고 싶어 해요. 그래서 사람이 죽을 수도 있다는 걸 받아들일 수 없는 거죠."

"글쎄요…… 부정할 수 없네요. 누구나 다 그렇지 않나요?"

"누구에게나 그것이 최우선은 아니죠."

"그럼…… 제가 바뀌어야 할까요. 삶의 우선순위 같은 것을 새롭게 만들어야 할까요."

"그건 남의 말을 듣고 결정할 수 있는 일이 아니에요. 우리는 삶이라는 학원에 다니는 게 아니니까요. 저는 학원 강사도 아니고요. 중요한 건 우리 시간이 오늘은 여기까지라는 겁니다. 처방전을 꼭 챙겨 가세요. 그리고 한 주 동안 제가 부탁드린 것을 잊지 말아주세요. 계속 생각하는 일요."

"그런 일은 일어나지 않았다. 알겠습니다."

정아는 바라던 대로 일주일 치의 안도감을 얻으며 병원을 나섰다. 하지만 가장 중요한 것은 말하지 않았다. 그것을 말하지 않으면 정아의 불안은, 그의 우울은, 그의 공황은 그치지 않을 것이다. 하지만 세상에는 값을 매길 수 없는 비밀들이 있다. 의사의 시간당 상담료가 30만 원이 아닌 3천만 원이라고 해도 말할 수 없는 것은 말해질 수 없었다. 상담료가 무료라면? 그 의사가 고통받는 사람을 위해 자기 시간을 내는 봉사자라면? 정아는 오히려 단 한마디도 하지 않을 것이다. 어제 먹은 당근 수프의 묽기에 관한 것조차도 입에 올리지 않을 것이다. 나는 속물인가? 정아는 스스로에게 물었다. 뻔한 걸 왜 묻는 거지. 정아는 자신의 질문이 우스워서 입술을 깨물었다. 그의 남편은 오늘도 자기가 만져본 적도 없고, 자신이 추적할 수도 없는 돈을 이리저리 옮기며 자신과 상관없는 돈을 벌어올 것이다. 그것으로 인해 가족의 생활은 돈에 대해 고민하지 않을 만큼 풍족할 수 있었다. 그럼에도 불구하고, 윤정아는 자신을 쫓아다니는 그 질문을 도저히 떨쳐낼 수 없었다.

그런 일은 왜 아직까지 일어나지 않는가?

남편은 애초에 부유한 가문에서 태어났다. 좋은 유전자를 물려받은 덕분에 쉽게 CPA를 땄다. 자신처럼 부유한 사람들의 돈을 체계적으로 관리하는 부티크 펀드 매니저라는, 지극히 평범한 삶을 살아왔다. 누군가에겐 평범의 기준이 다른 것이다. 그 정도의 평범함을 누리는 사람은 자기 삶의 비범함을 모른다. 비범이란 단어는 종종 개인이 가진 우수한 능력을 암시하는 방식으로 쓰이기도 하지만, 실상은 돈의 비범함이 비범한 것의 진수다. 평범한 돈은 평범한 삶을, 비범한 돈은 비범한 삶을 살게 한다. 정아는 남편이 태어난 대로 평범하게 비범한 삶을 (돈을 통해) 살아갔으면 어땠을까 하고 생각하곤 했다. 하지만 일은 이미 벌어지고 말았다. 어떤 의사에게도 이것을 말할 수는 없었다. 의사는 물론이고 목사도 안 된다. 고해성사실의 신부를 믿지 말 것. 사촌, 형제, 부모에게도 비밀로 해야 했다. 가까운 관계일수록 타인의 삶에 섣부르게 개입할 수 있다는 착각을 가질 수 있다. 기자나 검사 앞에서 이야기를 시작해야 할 상황이 오면 모든 것은 끝장나고 마는 것이다. 믿을 수 있는 건 오직 공범자뿐이다. 범죄자들이 공범을 찾는 이유는 복잡한 일을 효율적으로 처리하기 위해서가 아니다. 그들이 공범을 찾는 것은 외롭기 때문이다. 범죄는 대단히 외로운 작업이기 때문이다.

남편은 알 수 없는 돈을 알 수 없는 곳으로 보내 알 수 없는 방식으로 굴리는 것에서 '사람'의 역할을 맡았다. 그 일에 필요한 것은 진짜 사람이 아닌 법적 인간, 즉 법인이었다. 하지만 법인을 세울 수 있는 것은 '사람'이었기 때문에 누군가가 필요했다. 남편은 그냥 평범하게 살 수도 있었다. 비범한 돈이 있으므로 비범한 평범으로 사는 것은 쉽고 편한 길이었다. 하지만 그는 남다른 선택을 했다. 정아와 함께 고민한 뒤 선택했으므로 윤정아는 남편의 공범이었다. 정아는 남편의 계획을 처음 들었을 때 공포를 느꼈고, 곧 따라온 감각이 쾌감인 것을 알아차렸다.

"그러니까…… 범죄자들의 돈을 맡는다는 거지?"

"아니. 맡는 게 아니야. 그냥 내 회사를 통과하게 하기만 하면 돼. 그리고 확실한 건 이게…… 적어도 범죄자들의 돈은 아니라는 거야. 마약상, 무기 밀매상, 북한 정부, 불법 국제 도박 사이트, 해커라든가…… 우리가 생각할 수 있는 모든 종류의 검은돈은 CIA의 감시를 받아. 그런 돈을 굴리고 세탁하는 일을 한국 회계사에게 맡기는 바보는 없지. 그런 전문가는 바하마 제도나 세인트루시아에 페이퍼 컴퍼니를 만들어 일한다고."

"자기는 그런 걸 어떻게 알아."

"영화에 나오잖아."

"영화에 나오는 걸 어떻게 믿어."

"그냥 영화가 아니야. 미국 영화라고. 걔들이 영화 한 편 만드는 데 얼마나 많은 사람을 투입하는지 알아? 영화 끝나고 올라가는 크레딧을 보라고. 단 한 편을 위해 그렇게 많은 사람들이 일해. 그런 애들이 자기들 각본을 그냥 골방에서 타자기 치면서 만들어낼 것 같아? 미국의 돈세탁에 대해 알고 싶으면 미국 영화를 보면 되는 거야. 당장

넷플릭스 들어가서 〈시크릿 세탁소〉를 봐. 그 영화 원작은 퓰리처상 받은 논픽션이야. 돈세탁에 대해서 그것보다 훌륭한 교과서가 어디 있겠어?"

"그래. 그건 알겠어. 그럼 당신한테 오는 돈은 뭔데?"

"몰라. 하지만 검은돈은 아니야. 이건 뭐랄까…… 색깔로 보면 청록색. 아니면 진보라 같은 돈이야. 이 돈이 어디서 왔는지, 누구의 것인지 아무도 몰라."

"모르는 돈을 어떻게 맡아."

"모르기 때문에 맡을 수 있는 거야. 제대로 알아버리면 소음기를 단 권총이 내 머리를 터뜨려버릴 수도 있거든. 나는 어차피 이 돈에 대해 모르고, 그게 서로에게 안심을 주는 거지."

"그거 인터넷 사기 아니야? 저는 아프리카 어느 왕국의 왕위 승계 순위 25위쯤 되는 왕자인데 화학 처리 된 백 달러짜리 블랙 노트를 복구하기 위해 자금이 필요한데요…… 그런 메일 많잖아."

"사기는 아닌 것 같아. 대비를 해놓기도 했지. 벌써 일부는 내 계좌로 들어왔다가 나갔어. 그리고 계속 움직여. 전 세계로 뿔뿔이 흩어졌다가 돌아와. 일부만 돌아오는 경우가 태반이지만 말이야. 그 돈이 들어가는 곳의 명단을 뽑아보면 대체로 스타트업들이고. 걔들은 돈을 까먹어도 욕을 먹지 않거든. 탄소섬유로 집을 지을 수 있고, 델라웨어에 앉아서 리스본을 여행할 수 있다고 생각하는 놈들이잖아. 세그웨이가 스케이트보드보다 대단하다고 믿는 멍청이들. 그런데 나하고는 상관이 없어. 나는 이 법인을 설립하고 관리하는 척만 하고 있으면 돼. 돈은 알아서 들어오고 나갔다가 다시 들어오고 줄어들어. 많이 줄어들면 누군가가 채워 넣고 나는 그게 누군지를 절대 알 수 없어."

"괜찮겠어?"

"나는 하고 싶어. 해보고 싶어. 물론, 계속하려면 당신의 동의가 필요하지만. 알잖아. 나한테 필요한 건 돈이 아니야. 그냥 돈은 아무 의미가 없어. 나는 이렇게 이상한 돈이 좋아. 이상한 일들. 나한테 이렇게 이상한 일들이 일어난다는 게 신기하지 않아? 그들이 왜 하필 나를 선택했는지, 그 이유를 짐작조차 못 하겠어. 그것만으로도 흥분되는 일 아냐? 일이 잘못되면, 글쎄, 감옥밖에 더 가겠어? 내가 무슨 론스타처럼 나랏돈을 빼먹는 것도 아닌데. 그래봤자 배임이나 횡령이겠지. 외환관리법에 걸리려나? 그래봤자 1년도 안 살고 나올걸?"

남편을 처음 만난 건 어느 프라이빗 클럽의 연회장 화장실 앞이었다. 프라이빗 클럽이라지만 전혀 프라이빗하지 않고, 돈 많은 사람들을 회원으로 받는 퍼블릭 자랑 클럽에 가까웠다. 돈이 많아도 아무나 받아주지 않는 것이 회원 관리의 원칙이었는데, 아무나의 기준이 결국에는 돈으로 수렴된다는 점에서 지극히 투명한 원칙이었다. 그곳에서 열리는 행사는 와인잔을 들고 서로를 알아가는 미국 영화의 파티가 아니었다. 고희연, 돌잔치, 고등학교 조찬 모임(동문회장이 회원인 경우), 국가 발전을 위한 기도 모임, 그냥 모임, 하여튼 너희들은 토다이 목동점에서 머릿수 세가며 돌잔치 하고 있을 때 우리는 이런 데를 빌린다고 자랑하고 싶은 사람들의 프라이빗 클럽이었다.

　정아는 조모의 팔순 잔치에, 남편은 조카의 돌잔치에 끌려왔다. 화장실 출구에서 둘은 마주쳤다. 정아는 남편의(당시에는 어느 말쑥한 차림의 남자의) 얼굴이 어딘가 낯이 익다고 생각했다. 정아는 청바지를 입고 왔다는 이유로 집안 어른들의 타박을 들은 탓에 들이부은 화이트 와인이 광대까지 올라와 있었다. 술의 힘을 빌려 말을 걸었다. 저기, 라고 해야 되는데 너, 가 먼저 나왔다. 너⋯⋯ 너⋯⋯ 혹시 리라초? 정말로 그랬다. 리라초 동창들은 그런 자리에서 기가 막히게 잘 만나곤 한다. 그런 것을 아마도 우연이라고 하는 거겠지. 우연이 맞나?

남편을 말려야 했을까? 남편이 그 일을 시작한 뒤로 정아는 전에 없던 종류의 불안을 느끼기 시작했다. 우울, 편집, 강박, 공황…… 이전에 그가 먹던 약은 알려진 정신과적 질환이 존재하는 만큼 다양했다. 하지만 남편이 그 일을 시작한 뒤 시작된 불안…… 그것은 이전과 다른 강도의 불안이었다. 부부는 진짜 범죄를 저질러볼 기회가 없었던 것이다. 서울특별시 중구 예장동의 리라초등학교를 졸업했기 때문이다. 정아의 아들은 부모를 사랑하고, 돈은 언제나 필요한 만큼 있었으며, 무엇을 하는 데 필요한 돈을 구체적으로 가늠해본 적 없는 삶을 살았다. 남편은 순전히 범죄의 불안이 주는 쾌락을 위해 이상한 일을 맡았고, 정아는 기꺼이 쾌감과 공포를 남편과 공유했다. 아들은 어린 시절 힘든 일을 겪었다. 하지만 어른스럽게 극복해냈고, 오히려 자신보다 불안정한 엄마를 격려해주기도 했다. 두 사람은 오늘 진료를 마친 뒤 가로수길에서 가장 세련된 레스토랑에서 완벽한 브런치를 먹기로 했다. 그러니 가끔씩 '그런 일은 언제 일어나는 것인가?'라는 물음이 머리를 들고 일어나도 어쩔 수 없는 것이다. 정아에게 삶이란 화려한 연회복을 입고 벌어지는 구슬치기 같은 것이었다. 리라초 아이들은 구슬치기의 본질이 구슬을 던져서 치는 것이라고 생각했다(깨뜨리는 것이라고 알고 있는 아이도 있었다). 선을 넘어간 구슬을 집으로 가져가야 한다고는 생각해보지 못했다. 그 학교의 운동장에는 버려지고 깨진 구슬이 넘쳐났다.

아주는 지하철을 타고 오기로 했다. 면허를 딸 수 있는 나이가 되더라도 차를 사주지는 않을 생각이었다. 자기 아들이 도로의 위험을 지각하고 회피하는 일에 무능하다는 것을 부부는 명백하게 알고 있었다. 지하철 출구 옆에 비상 깜빡이를 켜놓은 정아의 포르쉐 카이엔은 남편이 벌인 모험으로 얻은 (금액적으로) 작고 귀여운 장난감이었다. 그때 정아는 난생처음 듣는 굉음에 자기도 모르게 무릎을 꿇었다. 자동차 바퀴가 터지는 소리처럼 들렸다. 자동차 바퀴가…… 수십 개의 바퀴가 연달아 터지는, 그런 소리였다. 살면서 그런 소리를 들어본 일은 없었다. 정아가 본능적으로 먼저 떠올린 건 아주의 얼굴이었다. 그는 지하철 출구를 확인하기 위해 일어서려고 다리에 힘을 주었다. 하지만 몸 어디에도 힘이 들어가지 않았다.

임다인
져도 죽고 이겨도 죽는다

암막 커튼을 치고 잠 언저리에서 뒤척이던 다인을 깨운 건 계속해서 울리는 뉴스 속보 알람이었다. 새벽 내내 과제로 받은 도면과 씨름하느라 밤을 새운 탓에 신경이 곤두서 있었다. 전액 장학금을 받고 입학했지만 최소 성적 기준에 미달하면 다음 학기 등록금을 보장받을 수 없었다. 최소라는 기준이 주는 어감과 다르게 한 끗 차이로 장학금을 놓치는 동기들이 적지 않았다. 어느덧 막 학기였다. 4년 내내 살얼음판을 걷는 기분으로 출석을 채우고 과제를 제출했다. 하지만 다인에게는 그런 압박감이 괴롭기는커녕 삶을 움직이게 하는 원동력이었다. 청계천 공구 상가를 들락거리기 시작한 것도 자신을 더 몰아세우려는 방편 중 하나였다. 그곳은 기계에 미친 젊은이들과 한때 기계에 미쳐 있었던 늙은이들이 매번 실패할 도전을 계속하는 경기장이었다. 얼마 전 공구 상가를 떠들썩하게 했던 메일에 생각이 미치자 잠을 좇아가려던 다인의 머리가 찬물을 끼얹은 듯 맑아졌다. 혹시나, 설마, 아니겠지, 하는 마음으로 핸드폰을 열었다. 연달아 쏟아져 들어온 연합뉴스 속보를 떨리는 마음으로 한 글자씩 읽어나갔다.

   [1보] 서울 시내 총기 난사
   [2보] 경찰청 대테러 본부, "서울시 강남구 총기 난사"
   [3보] 경찰청 대테러 본부, "서울시 강남구 총기 난사…범인 사망, 2명 중태"

   다인은 핸드폰을 벽에 던져버리고 싶었지만 애써 참고 자리에서 일어났다. 요동치는 마음을 부여잡을 수 있었던 건 바닥에 널브러져 있는 옷을 주워 입으면서도 코끝에 호흡을 집중한 덕분이었다. 다인은 아침저녁으로 꾸준히 위빳사나 명상 수행을 했다. 2013년 세상을 떠난 미얀마의 영적 지도자 우바킨 고엔카 선생이 생전에 게송을 녹음한 MP3 파일을 틀었다. 일어난 것은 사라지고 사라진 것은 다시 일어난다. 모든 감각에는 아무런 차이가 없고 어떤 것에도 집착하거나 혐오할 이유가 없다. 초기 불교의 수행법에 가장 충실하다는 위빳사나 수행을 알게 된 건 베스트셀러 인문 서적 『사피엔스』의 저자 유발 하라리의 추천사 덕분이었다. 수행처에 가보니 젊은 사람들은 전부 유발 하라리의 책에 나온 위빳사나 수행에 대한 추천사를 보고 왔다. 나이 먹은 사람들의 셋 중 하나는 이미 단전 호흡의 대가들이었다. 하지만 다인이 그곳을 찾은 이유는 유발 하라리 때문이 아니었다. 기도하고 싶은 마음이 들 때 대신할 것이 필요했다. 기도는 대체로 종교적인 행위였고 종교는 다인의 기피 대상 1순위였다. 불교는 종교라기보다 철학에 가깝게 느껴졌고 종교면 또 어때. 교회는 아니잖아.

교회만 아니면 괜찮았다.

옷을 다 입고 짐을 챙기는데 다시 한번 열이 뻗쳤다. 어떤 머저리 같은 인간이 결국엔 일을 저지르고 만 것이다. 그의 명복을 빌어줄 기분이 들지 않았다. 또다시 핸드폰을 벽에 던지고 싶었지만 밀려드는 메시지를 확인하기 위해서라도 그럴 수 없었다. 핸드폰은 왜 이렇게 던지기 좋고 던지고 싶게 생긴 걸까. 한 손에 쏙 들어오는 감촉과 적당한 무게까지. 세상 사람들이 전부 위빳사나 명상 수행을 하는 것도 아닌데 핸드폰을 던지지 않고 있다는 게 다인에겐 신기한 일처럼 느껴졌다. 단체 메시지 방에 안부 아닌 안부를 묻는 메시지가 계속 올라왔다. 누구야? 누구 아니야? 누구일 것 같은데. 누구한테 전화해봐. 오늘 누구 본 사람 있어?

애초에 그런 게임을 시작해선 안 된다고 주장한 건 다인과 노인네들뿐이었다. 모두들 그런 다인을 의아하게 생각했다. 지는 게 싫어서 싫은 것에도 덤벼드는 다인을 알기 때문이었다. 하지만 총에 관련해서만큼은 예외였다. 누군가 물었다. 총이 어때서? 옛날에는 청계천 한 바퀴 돌면 탱크도 만들 수 있었다는데. 도면 주고 돈 준다는데 쌩까는 게 미친 거지. 차라리 탱크였다면 다인도 게임에 참여했을 것이다. 하지만 총을 만들 수는 없었다. 어차피 다인이 뜯어말린다고 말을 들을 부류의 인간들이 아니었다. 사람들이 다인을 이해하지 못한다고 해도 할 수 없는 일이었다. 총은 다인에게 너무, 너무…… 미국이었다.

아버지에게 받은 것은 이름뿐이었다. 이름만 지어놓고 미국으로 떠난 그의 아버지 임혁수는 교회에 미친 사람이었다. 다인은 종종 생각했다. 교회가 아니라 신앙에 미쳤다면 차라리 은총이라도 받았을 거라고. 임혁수는 빌리 그레이엄의 후계자가 되어 가족들을 전부 미국으로 불러들일 생각이었다. 그는 열일곱 나이에 1973년 여의도에서 열린 빌리 그레이엄 목사의 부흥회에 참석한 뒤 목회자가 되기로 결심했다. 미국 전역의 한인 타운을 돌며 영적으로 지치고 도덕적으로 타락한 주미 한인 사회에 경종을 울리려 했다. 그의 계획은 애초에 실패로 돌아갈 수밖에 없는 운명이었다. 미국에는 이미 빌리 그레이엄이 있는데, 한국어를 하는 짝퉁에 관심을 가질 사람이 누가 있겠는가. 잘해봤자 영어에 익숙지 않은 이민 1세대를 위해 통역이나 할 수 있을 것이었다. 게다가 빌리 그레이엄 곁에는 여의도 순복음교회에서 파견한 훈련된 전도사들이 겹겹이 포진하고 있었다. 그가 도미해서 한 일은 대략 12만 5천 개의 의자를 접었다 폈다 하는 일이 전부였다. 임혁수는 불법체류자 신분으로 샌디에이고의 한 모텔에서 자살했다. 관자놀이에 총구를 대고 방아쇠를 당겼다. 다인은 국제 전화를 받았던 그날을 아직도 생생히 기억했다. 아버지의 죽음을 알려온 주미 한국 영사에게 차갑게 대답했다.

"알아서 해주세요."

"제가 알아서 할 수 있는 일은 없고…… 원칙대로라면 무연고 시신 처리가 될 겁니다. 한국에서의 주민등록도 이미 말소된 상태인 것 같으니까요."

"네. 그래주세요. 그냥 화장해서 아무 데나 뿌려주세요. 그 인간이 그토록 좋아하던 미국 땅이라면 죽어서 어디에 뿌려지든 기뻐하겠죠. 고속도로 한가운데 있는 주유소 근처라도 상관없을 거예요."

"주유소라…… 고인이 주유소를 좋아하셨나요? 그렇게 하시려면 이쪽으로 직접 넘어오셔야 하고요. 무연고 시신 처리가 되면 이쪽 절차대로 카운티 화장터에서 화장된 다음에 무연고 묘역에 합사될 겁니다."

"사후 세계를 믿으세요?"

다인의 질문에 그는 한동안 침묵했다. 영사의 목소리는 갑자기 굵어졌고, 신실한 장로처럼 대답했다.

"믿는 자는 그곳에 가서 지복을 누립니다. 아버지의 유서를 보니 신앙이 깊으신 분이더군요. 원하신다면 이 편지는 팩스로 보내드리겠습니다. 정식 절차에는 맞지 않지만……. 사무실이 있습니까? 팩스가 있는 사무실 말입니다. 없으면 동네 문방구로라도 보내드리죠. 원본은 로컬 피디가 가져갔고, 사본이라도 보내드리고 싶지만 국제 등기는 비용 처리가 애매하니 말입니다."

"엿이나 처드세요."

　다인의 가방에는 그동안 만든 온갖 것의 도면이 들어 있는 아이패드와 지하철에서 읽을 책 한 권이 있었다. 친척 집을 전전하며 자라는 동안 멈추지 않고 한 일은 손으로 무언가를 만드는 일이었다. 미니카, 프라모델, 라디오, 친척 오빠가 내다 버리려던 컴퓨터까지. 끊임없이 분해하고 조립하고 색칠했다. 그러고 보면 아버지에게 받은 것은 이름 말고 다른 것도 있는 듯했다. 어딘가에 미칠 수 있는 성격적인 기질이랄까. 그런 것은 분명 유전자 어딘가에 각인돼서 다음 세대로 넘겨지는 것이었다.

　지하철 매점에서 오레오 피넛버터 맛 한 상자를 샀다. 그는 손으로 만지고 때론 부숴버릴 수도 있는 물성 있는 것의 질감에 집착했다. 도면은 태블릿에 저장하지만 책만큼은 이북 대신 종이책을 읽는 것도 그런 이유였다. 책은 손으로 만져질 때 완전해지는 물질이었다. 오레오를 좋아하는 것도 같은 이유였다. 혀를 통해 전달되는 양각된 오레오 겉면의 문양을 머리로 그려내곤 했다.

　다인은 지하철에 올라타자마자 오레오 한 개를 꺼내 입

에 넣었다. 코로 숨을 쉬며 천천히 오레오의 문양을 느꼈다. 피넛버터가 녹아 쿠키를 적셔가는 동안 귀에 꽂은 이어폰에서는 스매싱 펌킨스의 〈1979〉이 흘러나왔다. Cool kids들은 never have the time이라는데, 임다인은 그 부분에 특히 동질감을 느꼈다. 때때로 청계천의 전성기에 살고 있지 않은 게 억울했다. 이제까지 스무 번도 넘게 읽은 소설책을 다시 폈다. 다인은 미국 소설이라면 무엇이든 좋아했다. 스티븐 킹이든 플래너리 오코너든. 페이퍼백 소설들의 미학 없음도 좋았고 단편 소설들의 매끈하고도 풍부한 사유의 흐름이 좋았다. 미국에 대한 다인의 입장은 자신이 생각해도 다소 모순적이었다. 반미주의자가 되기에는 너무 늦게 태어났고, 미국 소설은 좋아하지만 NRA의 미국은 빌리 그레이엄식 미국과 동일하게 혐오스러웠다. 음악은 국적에 무관한 세계정신이므로 어떤 경우에든 예외로 해야 했으며, 특히 그런지의 시대는 돌이킬 수 없는 위대한 영광의 순간이었다. 임다인도 알고 있었다. 싫고 좋은 것에는 이유를 붙여봤자 소용이 없다는 걸. 그냥 총이 싫었다. 교회가 싫었고, 공화당의 코끼리와 수정 헌법 제2조가 싫었다. 사람이 적은 지하철은 좋았다. 흔들리는 전철은 출근 시간을 한참 지나 한 자리 건너마다 비어 있었다. 입속에서 곤죽이 된 오레오를 조금씩 목구멍으로 밀어넣었다.

갑자기 졸음이 쏟아져 책을 덮고 무릎 위에 올려두었다. 잔뜩 화가 난 표정으로 지하철에 타고 내리는 사람들의 얼굴을 구경했다. 그들 역시 오전에 벌어진 총기 사건에 대해 알고 있을 것이었다. 살아남았다는 안도 따위는 느껴지지 않았다. 죽을 위험을 느껴본 적이 없는 사람들이었다. 생존과 짝을 이뤄 시시각각 몸을 죄어오는 공포. 그런 것을 만들어내는 전문가는 미국인들이었다. 내수용 공포와 수출용 공포를 가리지 않고 찍어내는 공포 공장 미합중국. 서울의 생활인은 폭탄 테러를, 총기 난사를, 하늘에서 쏟아지는 백린탄을 걱정할 필요가 없다. 핸드폰을 울려대는 연합뉴스의 속보는 총기 난사의 후속 보도를 전하고 있었다.

다인은 을지로3가역에 내렸다. 온라인 시장이 커지면서 소매상들은 가게를 접었고, 재개발을 둘러싸고 서울시와 싸움을 벌이느라 동네가 뒤숭숭했다. 결국에는 장사동 바로 아래 가게들 한 뭉텅이가 주상복합 건물로 바뀌면서 헐려나갔고, 왕년의 기술자가 동묘 앞에서 구제 옷을 떼다 파는 일도 흔했다. 자리를 지키고 있는 가게들의 사정도 녹록지는 않았다. 리모델링한 세운상가에 활력을 불어넣는다며 기술자인지 예술가인지 모를 사람들을 데려다 놓았다지만, 골목을 지키는 공업사 사장들은 3D 프린터가 뱉어낸 탄소섬유가 쇳덩어리를 대체할 수 있을 거란 이야기에 코웃음부터 쳤다. 양성준의 공업소에 삼삼오오 모여 있는 사장들은 일손을 놓은 채 빨려들어갈 듯 TV 화면에 집중해 있었다. 임다인은 사무실이라고 부르기도 뭐한 공업사 구석에 들어가기 위해 이리저리 몸을 비틀어야 했다. 밀링으로 깎여 나온 쇠 껍질이 산더미처럼 쌓여 있었다.

"쟤가 이긴 거야?"

"진 거지. 앞으로 나간 총알은 몇 발 되지도 않는 것 같던디."

"그래도 총은 쐈잖아. 여러 발을 쐈으면 난사라고."

"완전한 총을 만들라는 단서가 붙어 있잖여."

"누가 죽였대? 한국 경찰들 총이나 쏠 줄 알아?"

"지가 지를 죽였어. 총 쏜 놈이 총 쏘다가 죽었대. 들고 있던 총이 터져버렸다고."

양 사장의 공업소는 일이 없는 동네 사장들의 다방이나 마찬가지였다. 그들은 믹스커피를 홀짝이며 YTN과 연합뉴스TV를 번갈아 틀었다. 오르락내리락하기를 반복하던 채널이 어느 순간 24에 멈췄다. 부지런한 기자가 블랙박스 영상을 구해 온 듯했다. 화면에는 총이 발사되는 순간의 장면이 반복해서 송출되고 있었다. 형태를 알아볼 수 없게 블러 처리 됐지만 분명히 확인되는 몇 가지는 있었다. 총구에서 뿜어져 나오는 불꽃. 총을 맞은 사람과 거의 동시에 무너져 내리듯 쓰러지는 총격범의 모습. 그것만으로도 다인의 머릿속에는 현장의 모습이 눈에 선하게 그려졌다. 총신은 망치로 때린 쿠키처럼 산산조각 나며 사방으로 파편을 뿌렸을 것이다. 연쇄 폭발을 일으킨 탄약들은 총격범의 몸을 발기발기 찢어놓았을 것이다. 시청자들의 상상력을 얕잡아보는 것이 아니라면 충분히 상상하기를 바라는 게 분명했다.

"내가 말했죠. 져도 죽고 이겨도 죽는 게임이라고."

"어이. 양 사장. 똑똑이 아가씨 왔네."

"장 사장님, 씨발. 아니 제발. 아가씨라고 부르지 말라고요."

"어허, 서울 한복판에 총이 돌아다니는데 그렇게 인상 구기면 쓰나. 이러다 대가리에 총 맞아 뒈지는 건 아닌지 모르겠어."

"기대해보세요. 사람 죽이는 게 총만 있는 건 아니니까."

소갈머리가 빈 장 사장이 멋쩍은 듯 웃으며 커피가 반쯤 남은 종이컵을 들고 일어섰다. 그도 한때 그 바닥에서 이름을 날리는 기술자였고, 그 기술은 장 사장의 찰진 대머리가 화장장 가마터에 들어갈 때까지 사라지지 않을 터였다. 그가 인도네시아에서 90년대에 생산된 만화경 부품을 모아 야간 투시경을 만들어낸 이야기는 청계천 바닥에서 전설처럼 돌아다니는 확인되지 않은 소문 중 하나였다.

"그래서 누구예요, 쟤는."

임다인이 양성준에게 물었다.

"우리 동네 애는 아닌가벼. 안혜경이네는 확실히 아니야. 전화 다 돌려봤어."

"그런데 그거 말여. 총기 난사. 우범곤이가 벌써 한 거잖여."

"우범곤이 누구여?"

"걔 있잖아. 우리 어렸을 적에. 순경. 칼빈이랑 수류탄으로 동네 사람덜 몰살을 시켜버렸잖여."

다인이 끼어들었다.

"아니죠. 그건 난사가 아니라 그냥 학살이지. 사람을 쫓아다니면서 한 명씩 쏴 죽였잖아요. 게다가 우범곤은 경찰이고. 경찰은 원래 사람 죽여요. 국가가 하는 게 뭔데. 전

쟁으로 죽은 민간인보다 국가가 죽인 민간인이 더 많은 거 모르죠? 그러니까 내가 항상 말하잖아요. 전두환을 자연사시키는 게 한국 현대사의 가장 큰 수치가 될 거라고."

물결무늬 두건을 두른 안혜경이 키 높이까지 쌓인 철근 더미 사이로 몸을 비틀며 공업사에 들어왔다.

"아저씨들, 놀면 뭐 해요. 가서 일들이나 하시지."

임다인이 안혜경에게 다가가 가슴팍을 밀쳤다. 임다인은 분노에 차 있었다. 머리통 하나만큼 키 차이가 났지만 두 사람은 팽팽히 맞붙었다.

"내가 말했지. 이딴 거 시작도 하면 안 된다고."

"나는 저렇게 사람 향해서 쏠 생각 없어. 총만 쏘면 되는 거지 사람 죽이라는 얘기는 없었잖아. 저 새끼가 등신인 거지."

"그걸 말이라고 해? 무슨 일이 벌어지든 시간문제야."

"벌써 합의 다 봤어. 쏴도 안전하게 쏘기로. 너는 참가도 안 하면서 왜 참견질이야."

장 사장이 안혜경을 향해 물었다.

"아야. 근데 너는 왜 총 만드냐?"

"상금이 있잖여."

"상금 같은 게 아니에요. 총을 만드는 거지 사람을 죽일 생각은 없다고요. 나는 무언가를 만들어내는 사람인 거고, 이번 과제가 총인 것뿐이에요. 내가 하려는 일은 총기 제작이지 총기 난사가 아니라고요."

안혜경이 답답하다는 듯 가슴을 치며 대답했다. 식은 커피를 손에 든 공업사 사장들은 애꿎은 잔을 빙빙 돌리며 고개를 갸웃거렸다. 장 사장은 피식 웃고, 양 사장은 기름때로 그을린 작은 창 쪽으로 시선을 돌렸다. 개중 한 명이 이미 비어 있는 종이컵을 입에 갖다 대더니 마른 입술을 할짝댔다.

"그려…… 우리가 하는 일은 다르지."

"큰일 날 소리 하네. 우리라고 하지 말여. 나는 안 혀. 쟈들이 하는 거지."

"하여튼 그 뭐냐…… 우리 동네 애들이잖여."

공구 상가에 들락거리는 사람들 중 의문의 게임을 시작한 것으로 확인된 것은 열두 명이었다. 3D 프린팅 기술이 상용화된 이래 총기 도면이 유출된 것은 처음이 아니었다. 탄소섬유로 만든 총이 테러에 사용되는 일은 이미 FBI의 주요한 관심사 중 하나였다. 하지만 M4A1은 달랐다. 게임에 참가하기로 한 사람에게는 연사 가능한 소총의 세밀한 설계도면이 완전한 형태로 전달됐다. 미국에서는 그

도면을 다운받는 것만으로도 완전 무장한 국토안보국의 방문을 받을 것이다. 그렇게 구속된 사람은 기소 절차도 없이 관타나모로 보내질 것이다. 하지만 어쩐 일인지 한국에서는 총 만들기 대회가 열려도 누구 하나 제지하는 사람이 없었다. 사람들의 이목은 온통 재개발 계획에 쏠려 있었다. 그 안에서 실제로 일어나는 일에 관심을 쏟는 이는 없었다.

청계천 사람들의 소소한 관심사에 추가된 것은 시시각각 변해가는 비트코인 시세였다. 지금 시세가 1비트코인에 8백만 원 정도니까 상금은 80억이었다. 2천만 원 가까이 뛰었던 2018년을 기대하는 사람은 거의 없지만, 어찌됐든 6/45 동행 로또와는 비교가 되지 않았다. 상금이 실제로 정산될 거라고 믿는 사람은 많지 않았다. 정체도 밝히지 않은 누군가가 누군지도 모르는 사람에게 정말로 그 돈을 뿌린다고? 설마. 상금은 허울뿐이고, 끝을 모르고 달려가는 괴짜들의 게임이었다. 정말로 비트코인을 받는다면 그건 덤이었다. 사람의 인생을 한 번에 바꿔놓을 만큼의 거대한 덤.

하지만 이제 사정이 달라졌다. 누군가 만들어낸 어설픈 실물이 서울 한복판에서 총성을 울렸다. 사람이 죽었다.

양 사장이 다른 사장들에게 턱짓을 했다. 임시 다방이 문을 닫고 진짜 손님을 받는다는 신호였다. TV를 끄자 공업사 사장들이 뿔뿔이 흩어져 자기 가게로 돌아갔다. 제복처럼 늘 입는 양성준의 남색 작업복에는 안전제일 패치가 붙어 있었다. 검은 머리보다 흰머리가 많았지만 곧 죽어도 염색은 하지 않았다. 그는 지금보다 젊었던 시절 철근 조각을 발사하는 사제 총을 만들어 팔았다가 한동안 감옥살이를 하기도 했다. 가석방된 다음 날 주저 없이 청계천으로 돌아왔다. 그는 입버릇처럼 말했다. 밥 먹고 만드는 똥 덩어리보다는 단단한 것을 만들어야지. 그런 그를 경멸하는 사람보다 경외하는 이들이 많았다. 양 박사라는 별명으로 그를 부르는 이도 있었다. 다인은 양 사장을 보면 아버지가 떠올랐다. 잘못된 신념이 욕망이 돼서 옳고 그름의 기준을 잃어버린 사람. 그런 인간이 신에게 바치는 변변찮은 제물은 예외 없이 자신의 가정이었다.

"그래. 왜들 찾아왔어. 총기 규제 토론하려고 여기까지 온 거야?"

안혜경이 앞으로 맨 륙색에서 쇠뭉치와 작은 부품을 꺼냈다.

"이것 때문에요. 노리쇠 멈치못인데. 도면대로 했는데

56

아귀가 안 맞아."

"가만있어봐. 뭐 이렇게 엉터리로 해놨어. 울퉁불퉁하잖아."

"그러니까 여기 왔죠."

양 사장은 안혜경이 건넨 작은 쇳조각을 핀셋으로 들었다. 그는 노련한 솜씨로 현미경 관물대 위에 쇳조각을 고정시켰다.

"괜찮겠어?"

"한동안은 조심해야죠. 그렇다고 그만둘 수도 없잖아요."

안혜경의 말에 임다인이 끼어들었다.

"왜 못 그만둬."

"메일에 쓰여 있잖아. 시작한 걸 그만두면 책임을 지게 될 거라고. 그 책임이 뭐가 될지 어떻게 아냐. 무서워서라도 못 그만둔다. 그놈들이 제시한 조건은 제대로 총을 만들어서 쏘라는 거야. 사람을 쏴야 한다는 내용은 없잖아. 그러니까 내가 이겨야 돼. 빨리 완성해서 이 게임을 끝내면 되는 거야. 나는 벽에 대고 쏠 거거든."

접안렌즈에서 눈을 떼지 않고 양 사장이 말했다.

"그래도 무조건 감옥에는 가게 될 거다. 감옥에 가는 게임이란 건 보자…… 바다이야기 정도는 돼야 해볼 만한 거 아니냐? 나는 네가 일등이 아니라 꼴등이 됐으면 해. 방아쇠 한번 당겨보지도 못하고 포기했으면 한다고. 어디 변변찮은 회사에 취직해서 월급이나 받아먹고 살면 얼마나 좋냐. 감옥은 말이지…… 추워. 엄청나게 춥다. 자식 같아서 하는 소리야."

임다인이 양 사장의 말꼬리에 달라붙어 쏘아댔다.

"남의 자식 말고 딸한테나 잘해요."

"딸이랑 연락 끊긴 지 벌써 10년이야. 알면서 왜 그러냐."

"그러게 누가 그런 어설픈 사제 총 같은 거 만들어서 감옥 갔다 오래요?"

다인은 양성준이 자신의 말을 뼈아프게 받아들이길 바랐다. 안혜경은 비난이 가득 담긴 눈으로 임다인을 쳐다봤다. 양성준은 사람 좋아 보이는 너털웃음을 지었다. 임다인이 원한 반응은 아니었다. 그렇다고 허리를 꼬집어 울릴 수도 없는 노릇이었다.

박창식
적성에 맞는 두 번째 직업

"야 이 새끼야. 너 당장 월급 토해내. 계좌 불러줄 테니까 1원도 빼먹지 말고 입금해. 이러려면 내가 차라리 연합뉴스에 월급을 주고 말지. 너란 새끼는 뭐 하러 휘발유 아깝게 싸돌아다니는데? 니가 그러고도 기자야?"

부장의 터질 듯 붉어진 얼굴이 눈에 선했다. 전화기 너머로도 목에 선 핏대가 느껴졌다. 박창식은 부장에게 한마디 쏘아붙이고 싶은 마음이 간절했다. 월급을 네가 주니? 사장이 주는 거지.

"뭐 하나라도 제대로 된 걸 건져 오란 말이야. 총 쏴재긴 새끼 유치원 동창이라도 찾아내서 한마디 받아 적어 오라

고. 핸드폰은 뭐 하러 들고 다니냐? 다른 회사 기사 올리
는 거 받아 적으려고 켜놔?"

"풀을 안 해요. 경찰 새끼들 입에 완전히 미씽을 박았다
니까요."

"SBS는, 새끼야. 걔들은 경찰청 뒤 베란다 타고 넘어가서
사진 가져왔니?"

"사진?"

부장의 전화를 스피커폰으로 돌리고 인터넷 창의 새로
고침을 눌렀다. 단독 말머리를 붙인 인터넷판 기사가 안
경 쓴 남자의 섬네일과 함께 떠올랐다. 정말이지 이럴 때
면 존 코너가 스카이넷을 파괴한 게 영화 속 이야기라는
걸 부정하고 싶었다. 기사를 열어보니 뿔테 안경을 쓴 이
십대 초반의 남자 사진이 떠올랐다. 뭐 하나 특징이라고
는 찾아볼 수 없는 무덤덤한 표정의 얼굴이었다. 지나가
는 사람의 얼굴을 찍어서 올려도 별 차이가 없을 것 같았
다. 박창식 자신이 뿔테를 쓰고 증명사진을 찍어도 크게
달라 보이지 않을 것 같은…… 스무 살의 남자. 호아킨 피
닉스가 주연한 〈조커〉를 스무 번 정도 봤을 것 같은……
무신경한 인상. 박창식은 이런 기사가 역겨웠다. 총 쏜 놈
은 귀신이 돼서도 자기 기사를 스크랩하며 흐뭇해할 것이

다. 나쁜 놈이 나쁘다는 기사는 사람들의 호기심을 충족시키는 것 말고는 사회에 도움 될 일이 하등 없었다.

"너 이번 달에 단독 한 거 뭐 있어."

"없습니다."

"지난달에는."

"없습니다."

"사회부 와서 네가 쓴 단독이 뭐야."

"그거 있잖아요. 한양대 한국어학당 유학생들 대마초 피우다 걸린 거."

"대마초는 새끼야 알리 익스프레스에서 배송료 없이 보름 만에 배달해준다. 겨우 그거 하나 쓴 게 자랑이냐?"

"기사는 빨리 쓰잖아요."

"그럼 사표 쓰고 가서 통신사 취직해."

"지난번에 드린 거 아직 부장 서랍에 있잖아요."

"박창식, 이 개새끼야!"

그럼 네가 나와서 뛰든가. 목구멍까지 차오른 말을 겨우 참았다. 부장이 한때 대단한 기자였던 건 분명했다. 하지만 인성과 취재력이 반비례해야 한다는 법은 없었다. 현장을 누비던 시절 부장은 경찰청 출입 기자로 이름을 날리던 에이스였다. 조폭과 친구 먹고 검찰 수사관이 소스를 받아 가고 마약쟁이들에게 용돈을 뿌렸다. 박창식은 가끔 부장이 기자인지 경찰인지 아니면 신문사에서 월급을 받아먹는 범죄자인지 헷갈릴 때가 있었다. 마지막 부분은 박창식 자신에게도 해당하는 이야기이긴 했지만.

"오늘 회사 들어올 생각 하지 마."

쾅 소리가 나며 전화가 끊겼다. 전화기를 부순 건지 끊은 건지 알 수 없었다. 비품 처리하는 총무과 직원이 안쓰러워졌다. 박창식은 주소록을 뒤져 총격범의 얼굴을 올린 기자의 번호를 찾았다. 같은 해 입사해 사스마리를 함께 돌던 타사 동기였다. 기자로서 이것만큼 굴욕적인 일도 없지만, 부장의 성화에는 일리가 있었다. 사회부로 넘어온 뒤 기사다운 기사를 써낸 게 없는 건 부정할 수 없는 사실이었다. 통화 중이었다. 박창식과 비슷한 처지의 기자들이 한둘이 아닌 모양이었다. 겨우 연결이 된 동기 놈은 안부 나눌 새도 없이 소리를 질렀다.

"아현동!"

"뭐, 씨발. 아현동 뭐!"

"아현동으로 가라고. 아현동. 어차피 좀 있으면 경찰이 풀할 거야."

"너 이거 어떻게 알았냐?"

"형 미디어오늘로 이직했어? 기자가 왜 기자를 취재해. 외곽 취재 몰라? 외곽 취재. 경찰 기자가 경찰 입만 쳐다보고 있으면 경무과 앉아 있지 뭐 하러 기자실 들락거리니."

"이직은 씨발…… 니네 회사로 어떻게 안 되겠냐."

"누가 형을 데려가냐. 형 데려가면 나 국장한테 싸대기 맞아. 지금 가야 돼. 끊어."

"가긴 어딜 가? 아현동이라며?"

"거긴 이제 형이 가야 할 데고. 나는 또 기사 쓰러 갑니다."

얄미운 새끼였다. 하지만 무지하게 고마웠다. 이런 인간이 부장이 되면 나 같은 폐급 기자를 쓰레기 취급하는 거다. 아현동으로 밟았다. 어차피 지금 간다고 새로 건질 건 없겠지만, 물을 먹어도 남들이랑 같이 먹어야 욕을 덜 먹는다. 운전대를 잡고 눈을 크게 굴렸다. 차선을 넘나들며 춤을 추는 보도 채널의 취재 차량이 보였다. 저것만 따라가면 된다. 그제야 경찰청 홍보계에서 온 문자가 핸드폰을 울렸다. 알 게 뭐람. 내비게이션에 주소를 넣을 필요도 없다. 앞에 가는 차만 따라가면 카메라들이 벌써 진을 치고 있을 것이다. 예상대로였다. 총격범의 거주지로 알려진 오피스텔 출입구를 의경들이 틀어막고 있었다. 벌써 생중계를 태우고 있는 방송사도 있었다. 물을 먹어 시무룩해진 기자들 사이로 비집고 들어간 박창식은 귀동냥이라도 하기 위해 주위를 힐끔거렸다. 겨우 받아 적은 건 총격범의 이름 세 글자였다. 박창식은 스스로가 경멸스러웠다. 창식아, 이게 기자니. 산업부 시절이 좋았지. 거긴 기자실에 쿠쿠다스라도 잔뜩 있었는데. 창식아, 이게 기자니. 이건 아닌 것 같다, 창식아. 창식아…….

　그래서 박창식은 기자가 아니었다. 기자는 맞았지만 기자 일만 하는 건 아니었다. 주요 일간지 기자에 하는 일 없이 쌓인 연차로 월급이 부족하지는 않았지만, 기자가 영 적성에 안 맞는 것 같아 다른 일을 함께하려는 궁리를 멈추지 않았다. 박창식만 그런 건 아니었다. 세종시에 보내려는 걸 안 가겠다고 버티다가 결국엔 국제부로 발령 난 선배가 있었다. 그 선배는 중국에 돼지 열병이 발생했다는 외신 기사가 뜬 바로 그날 있는 돈 없는 돈을 전부 끌어모아 주식을 사들였다. 전부 방역 관련 국내 업체들이었다. 돼지 열병이 북한을 넘어 남한까지 확산되는 데 시간이 조금 걸리긴 했지만, 결국 그 선배는 그 투자로 연봉의 두 배나 되는 돈을 벌었다. 기관 투자자라면 정육 업체를 공매도했을 것이다. 백신 제조사의 연구원은 친척 명

64

의로 자사주를 매입했을 것이다. 세상이 그렇게 돌아가는 걸 욕할 생각은 없었다.

하지만 박창식은 양심적인 투잡을 하고 싶었다. 4차 산업의 시대가 아닌가. 투잡하기 좋은 때였다. 퇴근하는 길에 앱을 켜면 대리운전 기사가 될 수 있고, 집에 가서 헬멧을 쓰면 건당 5천 원을 받고 음식 배달을 할 수 있었다. 법정 노동 시간이 줄어든다고 총 노동 시간이 줄어들 리 없었다. 그렇게 둘 자본이 아니지 않은가. 그것은 총자본의 본질이기도 했다. 대학 시절 사회과학 동아리에서 읽은 마르크스 경제학 개설서에 나온 수많은 개념 중에 박창식이 가장 좋아한 것이 바로 총자본이었다. 당연히 박창식은 마르크스의 『자본론』 원전을 읽을 만한 지력과 인내력을 가지고 있지 못했다. 그래서 자신이 총자본의 개념을 정확히 이해했는지 확신할 수도 없었다. 아니다. 제멋대로 이해했다고 확신했다. 하여튼 그에게 총자본이란 자본에 어떤 의지라는 것이 존재한다는 인상을 줬다.

총노동은 요원하지만 총자본은 있다. 자본은 강력한데 총화된 의지까지 있다. 그러니까 이거는 정말로 질 수밖에 없는 싸움이구나. 박창식은 그렇게 생각했다. 그는 기본적으로 세상을 삐딱하게 보는 성격이었다. 심리테스트 같은 걸 해도 꼭 그랬다. 사과, 배, 귤 중에 뭐를 먹을래? 하면 망고를 고르는 사람이었다. 왜냐하면 망고는 우리나라에서 안 나오니까. 수입되니까. 농약을 온몸에 잔뜩 적신 채로 컨테이너에 실려 출렁출렁거리며 수십 번 속을 게워내고서야 항구에 도착할 테니까. 하지만 온난화의 전지구적 심화로 국내에서 애플망고를 생산하게 됐다는 소식을 들은 이후…… 박창식은 더 이상 심리테스트를 하지 않았다. 그리고 생각했다. 새로운 직업을 갖자. 땀 흘려 일하고, 스스로 생각하고, 동료를 신뢰하며, 성실성을 기본으로 하면서도, 총자본을 교란시킬 수 있는 그런 직업…… 나의 두 번째 직업은 무엇일까…… 고민 끝에 생각한 건 도둑이었다.

낮에는 기자지만 밤에는 도둑질을 하기로 했다. 매일같이 도둑질을 하려는 것은 아니었다. 좀도둑이 될 생각은 없었다. 도벽이 있는 것도 아니었다. 그런 차원의 문제가 아니었다. 가끔은 낮에 도둑질을 할 수도 있다고 생각했다. 휴가를 내면 되니까. 기자 일을 하면서 얻게 되는 정보를 바탕으로 타깃을 정하기로 했다. 그는 자신의 도둑질에 몇 가지 원칙을 세웠다.

반드시 훔칠 수 있는 것을 고를 것.

반드시 훔치다가 경찰에 잡혀가지 않을 것.

반드시 현금화 가능한 것을 훔칠 것.

반드시 당한 사람이 신고할 수 없는 것을 훔칠 것.

반드시 훔치기로 한 것은 반드시 훔칠 것.

그에게는 케이퍼 무비의 동료들처럼 각자의 기술을 지닌 팀원들이 있었다. 일간지 기자 박창식 본인. 술을 잘 마시는 기술을 보유하고 있었다. 국정원 직원 고민지. 간지나는 임무를 맡아본 적은 없지만 정보기관의 요원이라는 것 자체가 간지났다. 사회복지사 양은아. 6/45 동행 로또에 관한 음모론을 강하게 신봉하는 해커로, 틈나는 대로 농협 서버에 들어가는 게 취미였다. 기계공학과 학부생 임다인. 총 빼고는 뭐든지 만들 수 있었다. 만들려고 마음만 먹으면 총도 만들 수 있지만 총은 절대 만들지 않겠다고 말한 바 있다. 박창식과 고민지는 대학 동기였다. 양은아와 임다인은 어느 바에서 멀찍이 떨어진 자리에 앉아 있다가 우연히 합석하게 되면서 친구가 됐다. 그곳은 제일약국 옆 지하에 있는 가게로 박창식은 그 가게에 대해 이야기하는 것을 좋아하지 않았다.

팀의 이름은 '반드시'였다. 박창식 기자는 절도팀 반드시의 리더였다. 반드시는 원칙도 있지만 규칙도 있는 팀이었다. 규칙은 단 하나였다. 반드시는 반드시 사람을 해치지 않는다. 반드시는 사실 심오한 뜻을 지닌 합성어였다. 反-dessus. dessus는 프랑스어로 표면을 뜻하는 단어다. 박창식은 3분 만에 네이버 검색으로 反-dessus를 만들어냈다. 표면의 반대. 표면적인 것을 반대하는 것. 반대쪽 표면. 뭐라고 해석하든 상관없었다. 다른 멤버들은 역시 현직 기자의 센스가 남다르다며 흡족해했다. 반드시로 뭉치기 전 그들 중에 이름을 가진 팀으로 절도 활동을 해본 경험이 있는 사람은 없었다. 범죄자가 아예 없었다. 양은아가 허가받지 않은 서버에 접속해 네트워크의 유령처럼 흔적없이 돌아다니는 일은 정보통신법상 명백한 범죄였지만, 잡힌 적이 없으니 아직까진 범죄자가 아니었다. 같은 멤버로 독서 모임을 해도 아무런 의심을 받지 않을 그런 사람들이었다.

반드시의 이름을 지은 것은 위험부담이 큰 일이었다. 반드시의 목표는 반드시 검거되지 않는 것이지만, 혹시라도 검거되는 경우에, 이름을 가지고 원칙과 규칙을 가진 범죄집단으로 활동했다면 범죄단체 구성에 관한 법률이 추가로 적용될 수 있기 때문이다. 그래서 반드시는 반드시끼리 있을 때만 부르는 이름으로 정하기로 하고, 혹시라도 반드시라는 조직명을 어디에 적어놓는다거나 문신으로 몸에 새기는 일은 하지 말자고 신신당부했다. 하지만 누군가는, 꼭 그렇게 말을 듣지 않는 사람이 있는데, 반드시 구성원의 핸드폰 번호 뒤에 반드시라는 표식을 덧붙였다. 왜냐하면 그것은 (당신이 동의하든 동의하지 않든 간에) 제법 멋진 이름이니까.

취재진이 가득한 아현동 오피스텔 앞에 반드시의 멤버 중 하나인 고민지가 있었다. 그의 직업은 박창식과 여러모로 비슷한 점이 있었다. 국정원 IO인 고민지는 "나라에 돈이 없는 게 아니라 도둑놈이 많은 것입니다"라는 허경영의 선언에 감명받은 뒤 박창식의 도둑질에 동참하기로 했다. 사명감이 투철한 국정원 직원이라면 그런 선언을 듣고 이렇게 생각할 수가 있다. 나라에 도둑이 많으니 나라도 도둑을 잡자. 그에 반해 고민지는 나라가 도둑이다라는 쪽으로 생각을 전환했다. 나라가 도둑이니 '나'라는 도둑은 어떨까?라는 게 궁금해졌다. 고민지와 박창식은 반드시의 주요 창립 멤버였다. 박창식이 가끔 허접한 기사라도 회사에 가져갈 수 있는 건 전적으로 고민지가 흘려주는 잡스러운 정보 덕분이었다. 박창식은 비 오는 날 운동장 한

가운데서 천막을 만난 것처럼 고민지가 그렇게 반가울 수 없었다. 부장에게 가져갈 만한 뭐라도 건질 수 있을 것이기 때문이었다.

고민지는 박창식을 사람들의 눈에 띄지 않는 골목으로 끌고 갔다. 박창식의 팔뚝을 움켜쥔 손아귀의 힘이 어마어마했다. 박창식은 악 소리도 내지 못하고 순순히 고민지를 따라갔다. 그가 팔뚝을 놓자 이번에는 박창식이 고민지의 손을 부여잡았다.

"나 좀 살려줘."

진심이었다. 이대로 회사에 들어가면 부장에게 목이 졸려 죽을 판이었다. 하지만 고민지의 표정에는 조금의 변화도 없었다. 그 차가운 반응에 박창식은 자신이 뭔가 실수한 게 있나 싶어 움찔했다. 고민지와는 반드시로 뜻을 함께하기도 했지만, 대학 시절부터 같은 동아리에서 볼꼴 못 볼꼴을 다 보며 지낸 사이기 때문이었다.

"그런 농담 할 기분 아니야. 죽었어. 방금."

"어느 쪽? 중태 두 명이었잖아."

갑자기 진짜 기자로 변한 박창식의 눈이 반짝였다.

"처음 맞은 여자."

"다른 피해자는? 걔는 남자지? 죽어? 살아?"

"살기는 힘든데 안 죽을 수도 있어. 정면으로 발사된 건 딱 한 발이야. 그게 첫 번째 피해자를 관통했고 뒤에 있던 두 번째 피해자가 관통된 탄환에 맞았어. 근데 하필 머리야. 그걸 적출할지 말지 아직 몰라. 결정되면 바로 수술 들어가고 끝나면 병원 쪽에서 브리핑할 거야."

"여자는 어디에 맞은 거야?"

"폐. 갈비뼈 사이로 들어가서 등으로 나왔어. 뼈는 하나도 안 건드렸어. 뼈에 맞았으면 총알이 몸속에서 난리를 쳤을 텐데. 그랬으면 운이 나쁜 사람은 딱 한 사람일 수도 있었는데 말이지. 일타쌍피다. 빌어먹을."

"담배 줘?"

고민지는 고개를 가로저었다.

"이거 써도 되는 거야?"

"상관없어. 니네 부장 갖다줘. 어차피 너 등신이라서 이런 거라도 해야 안 잘리잖아."

"으응. 맞아. 잘 아네. 어쩜 그렇게 잘 알아. IO는 다르구나. 너 우리 회사도 들어오니?"

박창식은 소심하게 턱을 당겼다. 손가락에 침을 묻혀 취재 수첩을 넘겼다. 고민지가 박창식의 옆구리에 가볍게 훅을 날렸다. 박창식은 억 소리를 내며 입에 물고 있던 펜을 떨어뜨렸다. 고민지가 말했다.

"담배 줘봐."

박창식은 메신저백의 앞주머니를 뒤져 담뱃갑을 꺼냈다. 고민지는 낚아채듯 박창식의 담배를 가져가 불을 붙였다. 짧은 머리에 칼로 찢은 듯 째진 눈매가 매서웠다. IO로는 너무 강한 인상이라 일부러 도수 없는 안경을 끼고 다녔다. 대학 시절에도 박창식은 그 작고 째진 눈에서 풍겨 나오는 기세에 압도되곤 했다. 동아리 회비를 남겨먹어 그 돈으로 자취방 가스비를 낸 일도 그 눈빛 앞에서 실토하고 말았다.

"문제는 그게 아니야."

고민지가 패딩 안에 품고 있던 종이 뭉치 하나를 박창식의 가슴팍에 던지듯 들이밀었다.

"이걸 보라고. 이게 문제야."

"이건 뭐…… 선언문? 총격범이 쓴 거야?"

"아니. 도면 제공자."

"그게 뭔 소리야."

"지금 청계천 공구 상가에 총 만들기 대회가 열렸어. 소총 도면이 쫙 깔리고 상금도 걸렸다고. 누가 뿌렸는지 왜 그런 건지는 몰라. 임다인이 귀띔해줬는데 일단 지켜만 보고 있었거든. 그런데 오늘 사건 나고 'M4A1 MANIFESTO'라는 게 올라왔어. 우리 회사 서버에. 들어온 흔적도 없고 나간 흔적도 없어. 우리 회사 사장실 컴퓨터 바탕화면에 띄워놓고 간 거야. 누군가가."

"국정원장 업무 컴퓨터 바탕화면에? 그게 말이 돼? 아니. 그건 말이 안 되지. 아무리 국정원이 동네 구멍가게라도 무슨 그런 경우가 있어. 이거 범인이 니네 원장 아니야? 자기가 컴퓨터에 깔아놓고 쇼하는 거라고 본다, 나는."

"차라리 그랬으면 좋겠다. 그거 가져가서 읽어봐."

고민지는 담배를 땅에 떨구고 발로 비볐다.

"이거 왜 나한테 주는데?"

"너는 진짜 기사는 절대로 안 쓰는 등신 같은 기자니까. 그리고⋯⋯."

"그리고⋯⋯."

"잘 분석해보라고. 뭐 쓸 만한 거 없는지. 도둑질하자며. 혹시 아냐. 제대로 큰 건 하나 건질 수 있을지. 꼼꼼히 읽고 알아볼 수 있는 건 다 알아봐. 훔칠 거 없으면 국제 테러로 엮어서 승진이라도 하자. 기사는 너한테 줄게."

고민지는 박창식의 구세주가 맞았다. 박창식의 기사는

인터넷판 단독 기사로 올라갔고 부장은 박창식을 회사로 불러 소고기를 사줬다. 너는 인마, 할 때 하는 놈인 거 내가 안다니까, 하며 너스레를 떨었다. 낮에 소리치던 부장이 밤에 어깨를 두드리는 게 회사 생활이었다. 애증 때문에 회사를 못 떠나는 거라고 박창식은 생각했다. 소맥이 50잔쯤 돌아갔을 때 연합뉴스가 속보를 띄웠다. 두 번째 피해자의 머리에 있던 탄환을 제거하는 수술이 막 끝났다고 했다. 그의 상태는 여전히 중태로, 의식을 회복하지 못하고 있었다. 박창식은 비틀거리며 화장실에 갔다. 자신이 올린 기사에 달린 댓글을 엄지로 넘기며 스캔했다. 고인에 대한 모욕. 범인에 대한 찬양. 생존자에 대한 조롱. 모든 것이 역겨웠다. 이유가 있는 분노도 아니었고, 무언가를 반영한 현상도 아니었다. 아무 생각 없이 써재낀 자모의 조합에 불과했다. 정작 총에 맞아야 할 종자들은 인터넷 댓글 창에 있었다. 그의 손에 총이 있고, 댓글을 쓰는 저들이 자신 앞에 있다면…… 고민 없이 방아쇠를 당길 수 있었다. 아니, 고민은 할 것이다. 자신의 손에서 터져버리는 총이 아니라는 확신이 필요했다. 가방 속에 있는 종이 뭉치가 자꾸 생각났다. 두꺼운 뭉치였다. 술에 취해서도 그 글의 도입을 기억할 수 있었다. 머리에서 떠나지 않았다.

나는 총이다.

당신의 손에 닿기를 원치 않는다.

그러나 지금 가고 있다.

오수안

오레오 꿈을 꾸었다

서울 성모병원 공중 정원에서 날아간 풍선이 까치의 부리에 닿아 빵, 하고 터졌을 때 나는 깨어났다. 휠체어에 앉아 풍선을 보고 있었는데 어떻게 다시 깨어난 거지? 깨어나기 위해서는 쓰러져야 하는데 기억이 없었다. 순간이동이라도 한 것처럼 침상 위에 뉘어 있었다. 이곳은 원래 있던 병동이 아니었다. 분위기를 보니 중환자실이었다. 내가 깨어난 걸 아무도 모르는 것 같았다. 이미 깨어 있던 나는 어째서 다시 깨어난 걸까? 빵, 하고 풍선 터지는 소리에 정신을 잃은 모양이었다. 나는 온 힘을 다해 소리쳤다.

"저기요! 어떻게 된 일인지 설명 좀 해주시겠습니까? 아버지와 함께 휠체어를 타고 산책 중이었단 말입니다. 갑자기 제 상태가 악화된 건가요? 말씀 좀 해주시죠. 몸을 아예 못 움직이겠어요. 오후 타임에 재활 치료가 예약돼 있는데 벌써 시간이 늦은 건 아닌가요? 저기요! 의사 선생님! 간호사 선생님!"

열심히 말했지만 입 밖으로는 아무 소리도 나오지 않았다. 시력이 거의 다 회복된 줄 알았는데, 지나다니는 사람의 자취가 픽셀처럼 깨져 보이는 게 이상했다. 왼쪽 집게손가락의 가벼운 떨림으로 치환된 나의 읍소는 누구의 주목도 끌지 못했다. 배변 주머니를 체크하러 온 간호사가 눈을 치켜뜬 나를 보고 그제야 의사를 불렀다. 왼쪽 눈, 오른쪽 눈, 차례로 손전등을 비추며 물었다.

"오수안 씨, 정신이 드세요?"

깜빡. (네. 정신은 아까부터 들었고요. 제발 그 라이트 좀 눈에 쏘지 말아주실래요? 눈부셔죽겠다고요.)

"여기가 어딘지 아시겠어요? 아시겠으면 눈을 깜빡거려주세요."

깜빡. 깜빡. 깜빡. 깜빡. (알아요. 서울시 서초구 반포동 가톨릭 성모병원인 거 아주 잘 알고 있는데, 지금 제가 왜 중환자실에 있는지는 모르겠네요. 병동에 가고 싶어요. 오레오 주세요. 오레오가 먹고 싶어요.)

내게 질문하던 의사가 한시름 놓았다는 듯 어깨를 축
늘어뜨리며 말했다.

"살았네요."

피곤에 절여진 얼굴로 곁에 서 있던 간호사도 고개를
끄덕였다.

"살렸어."

그 이후로 일어난 일들을 이해하는 데는 꽤 오랜 시간
이 걸렸다. 나는 중환자실에서 병동으로 옮겨졌고, 코에
관을 집어넣어 하루 세 번 유동식이 위를 향해 밀려들어
왔다. 많은 것에 대해 들었다. 나는 머리에 총알이 박힌 채
로 병원에 실려 왔고(그건 풍선이 빵 터진 순간부터 이미
알고 있었다), 그동안 중환자실 침상 위를 한 번도 벗어나
지 않았다. 눈을 뜨지 않았고, 말을 하지도 않았다. 무언가
를 먹은 적은 더더욱 없다고 했다.

"오레오는요?"

의료진과 비교적 분명한 발음으로 대화를 하는 것도 가
능해졌다.

"오레오가 뭐요?"

"제가 오레오를 계속 먹었는데. 여기 와서 계속…… 계속……."

"원래 오레오 좋아하세요?"

"네."

"꿈꾸신 거예요. 오레오 꿈."

정말로 긴 꿈을 꾸었나 보다. 볼을 부비던 엄마의 차가운 감촉도 꿈이었나 보다. 병원 지하 편의점에서 오레오 상자를 잔뜩 사 들고 오던 아버지도 마찬가지였다. 김 반장을 향해 불타오르던 적의는…… 모르겠다. 그 모든 게 꿈이었다고 해도 꿈에서 느낀 감정은 거짓이 아닐 테니까. 그런데 아버지 같아 보이던 김 반장에 대해서는…… 그것도 잘 모르겠다. 내 아버지가 김 반장인가? 김 반장은 아버지를 닮았나? 김 반장에 대한 증오가 아버지라는 남성에게 전이되기라도 한 건가? 질문은 많았지만 답해줄 사람은 없었다. 꿈에 대해서 말할 수 있는 것은 언제나 흐릿한 기억의 뒤꽁무니에 불과했다. 바람돌이 소녀이 남기고 간 잔상 같은 것밖에 말할 수 없었다. 나는 어릴 적 컴퓨터에 붙어 앉아 띠리링 소리를 내며 금색 링을 떨구는 소닉 게임을 했나? 나는 어째서 지금 이렇게 많은 의문문을 사용하는가? 물음표를 찍지 않고 말할 수 있는 것은 몇 개나 될까? 그래도 파란 고슴도치 소닉에 대해서는 말할 수 있다. 소닉은 물질계에 존재하지 않는 가상의 캐릭터지만 사람들의 의식 속에는 분명하게 있다. 그래서 말인데, 있다는 것은 대체 무엇인가? 소닉을 생각하니 오레오의 파란 포장이 떠올랐다.

"과자 같은 것도 먹을 수 있나요?"

"오레오 먹고 싶으세요?"

"네."

"아직은 좀 더 기다리셔야 돼요. 환자분의 위는 그동안 코타키나발루 같은 데로 휴가를 갔다 온 거나 마찬가지예요. 당장에 데려다가 빡센 일을 시키려고 하면 사표 쓰고 회사 뛰쳐나갈걸요. 멍 때리고 있을 시간이 필요한 거예요."

"왜 하필 코타키나발루예요?"

"제가 갔다 왔거든요. 지난주에."

의사는 쓸쓸한 표정으로 병실을 나갔다.

얼마 지나지 않아 유동식을 끊고 병원 밥을 받았다. 얼마나 간을 약하게 한 건지 아무런 맛이 느껴지지 않았다. 침이 나오지 않아 국물에 밥을 말아 먹었다. 입이라는 거대한 구멍을 통해 식도로 분해 가능한 유기물을 집어넣는다는 기분이었다. 허기를 느끼지 않았다면 아무것도 먹지

80

않았을 것이다. 미각을 잃어버린 게 분명했다. 의사에게 말하자 한 무리의 다른 의사들을 데려왔다.

"미각이 소실된 거 같은데."

그 정도의 진단은 나도 할 수 있었다.

"MRI도 못 하잖아."

"일시적인 걸까요?"

"일단 경과를 지켜보자고. 오수안 씨, 괜찮으시죠? 뇌수술을 했기 때문에 다양한 현상이 나타날 수 있어요. 만에 하나 미각이 완전히 소실됐을 수도 있는데, 살아가는 데는 문제가 없을 겁니다."

"MRI는 왜 못 해요?"

나의 질문에 의사는 끔찍한 이야기를 쾌활하게 늘어놓았다.

"탄환 조각 중에 완전히 적출하지 못한 부분이 있어요. 간뇌 신경 끝부분에 말려들어가서 그대로 뒀습니다. 지금 MRI에 들어가면 그 조각이 튀어나오면서 깨끗이 제거될 수 있어요. 그런데 나오실 때는 시체가 돼 있을 거고, 누가 들어가서 그 비싼 MRI 기계에 튄 뇌 조각들을 일일이 닦아내야 할 거예요. 쇳조각 그거 머릿속에 그대로 둬도 괜찮습니다. 살아가는 데는 문제가 없을 테니까요."

자꾸만 같은 소리를 하는 게 짜증이 났다. 살아가는 데 문제가 없다니. 내게는 여전히 너무 많은 물음표가 있었다. 그중에는 아무리 생각해도 해결될 수 없는 문제도 포함돼 있었다. 그런 것은 살아가는 데 문제가 될까, 문제가 되지 않을까? 이를테면 병동에 돌아왔는데도 엄마가 나를 찾아오지 않는다는 것 말이다. 김 반장을 닮거나 아니면 김 반장인지도 모를 아버지도 오레오를 사 들고 오지 않았다. 이것에 관해서도 의사는 같은 말을 할 것이다. 살아가는 데는 아무런 문제가 없어요. 의사의 말은 다음과 같은 사실을 나에게 상기시키기 위한 주문과도 같았다. 죽지 않고 살아난 것에 끊임없이 감사하세요.

(다시) 깨어난 뒤 나를 가장 혼란스럽게 한 것이 그 부분이었다. 살아가는 데 문제가 없어서 아직까지 어떻게 해야 할지 답을 내리지 못했다. 중환자실에 있는 나를 아무도 찾아오지 않았고, 병동에 있는 지금도 나를 찾아오는 가족이 없다. 엄마도 없고 아버지도 없다. 깨어난 뒤 간호사가 여러 번 설명을 해줬지만 이해하는 데 오랜 시간이 걸렸다. 내가 기억하는 모든 것이 꿈이라는 걸. 의식불명 상태에서 고장 난 뇌가 무의식과 합작해 만들어낸 환상이었다고. 이제는 깨어난 꿈을 꾸는 게 아니라 정말 깨어난

거니까 받아들여야 한다고. 물음표를 지워야 한다고. 그런데 아무리 해도 지워지지가 않는데? 믿어지지가 않는데? 나는 총에 맞았을 뿐인데 (그건 물론 흔하게 경험할 수 있는 일이 아니지만) 너무 많은 것이 변해버렸다. 아니, 변한 것은 아무것도 없다는데 받아들여야 할 게 생겼다. 미각을 잃은 것과는 다른 차원의 문제였다.

나는 고아였다. 찾아올 부모가 없었다.

당신은 오레오를 본 일이 있는가. 검정 초콜릿 쿠키 두 장이 하얀색 바닐라 크림을 덮고 있는 그 과자 말이다. 진정한 오레언(oreoan)이라면 동그란 쿠키를 웨이퍼라고 부르는 게 더 전문적인 느낌을 준다고 생각할 것이다. 과자라면 질색이라고, 오레오 같은 건 입에 대본 적도 없다고 말하고 싶은가? 그럴 수는 없을 것이다. 누구나 한 번은 그 과자를 본 일이 있고, 기억하지 못하겠지만 부지불식간에 그 조각을 입에 넣은 적이 있을 것이다. 아이스크림 쿠앤크는 한 번쯤 먹어봤잖아? 배스킨라빈스에도 있는 메뉴인데. 맥플러리에 섞여 들어간 오레오를 떠먹은 적도 있을 거고. 오레오는 전 세계적으로 매년 75억 개가 소비되고 있다. 지금까지 만든 오레오를 전부 늘어놓으면 지구를 381바퀴 횡단할 수 있다. 위로 쌓으면 지구에서 달까지 다섯 번 왕복할 수 있는 높이가 된다. 달까지 닿는 것이 아니라 왕복할 수 있는 것이다. 오레오를 밟고 달에 올라 갔다가 내려오는 일을 다섯 번이나 반복해서 할 수 있다. 달에 가는 일을 올라간다고 말하는 것은 우주적인 관점에서 보자면 다소 편협한 표현이다. 지구의 중력을 세상의 중심으로 보는 시각을 부지불식간에 드러내기 때문이다. 하지만 지구에서 태어나 지구에서 죽게 될 우리는 중력의 거대한 힘을 무시할 수 없다. 지구평평론자에게 지구(地球)는 불편한 단어다. 구(球)라 한자어가 둥근 형상을 나타 내기 때문이다. earth가 flat하다고 말하는 것이 그들에게 unbiased한 expression이다. 오레오는 flat earther들에게 대 단히 설득력 있는 모형이 될 수 있다. 오레오의 양각된 무 늬는 지표면의 고저를 나타내고 크림은 유동하는 맨틀을 대신할 수 있다. 지구에 양면이 있어서 경제력과 군사력 이 집중된 쪽이 자신들을 북반구, 다른 쪽을 남반구로 부 르는 것 역시 직관적으로 보여줄 수 있다. flat earther들 이 중력에 어떤 의견을 갖고 있는지는 모르겠지만…… 내 가 그런 종류의 믿음을 갖는다면, 같은 믿음을 가진 사람 들을 모아 단체를 조직한다면, 그 단체의 이름이 뭐든 간에 유엔 총회 같은 데 가서 연설을 하게 된다면, 혹은 정당을 결성해 비례대표에 출마한다면, 나는 반드시 오레오를 우리의 아이덴티티 이미지로 삼을 것이다. 하지만 나는 지구평평론자가 아니고, 중력에 대해서는 중학교 과학 교과서 수준의 소박한 지식을 갖고 있었다. 내가 오레오를 좋아하는 것에는 다른 이유가 없었다. 맛있기 때문이었다. 참고로 말하자면, 이미 말한 것도 전부 참고로 말한 것이지만, 참고라는 것은 언제나 부차적이기에 생략 가능한 것처럼 치부되기 마련이지만, 어찌됐든 오레오는 엄청나게 많은 종류의 상시적이거나 비상시적인 한정판을 출시하고 있다. 웨이퍼의 종류나 사이에 들어가는 크림에 수많은 베리에이션이 있다. 그것들은 실질적인 매출 신장에 도움이 되기도 하고 의미 있는 마케팅으로 활용되기도 한다. 하지만 나는 오리지널 오레오만 먹는다. 동서식품에서 라이센스를 사들여 강원도 철원군 김화읍 김화농공단지에 있는 동서식품의 자회사 미가방 유한회사에서 생산하는 오리지널만 먹는다. 수입 과자점에서 간혹 인도네시아에서 생산한 오레오를 팔기도 하는데, 오리지널이라면 그것 또한 마다하지 않는다. 사실 내가 하고 싶은 말은 이게 전부다. 나는 오레오를 정말 좋아한다. 오리지널만 먹는다. 끝. 하고 싶은 말 끝.

하지만 사람들은 나를 그냥 두지 않았다. 미각은 잃었지만 생명은 되찾은 기적의 생존자. 한국에서 보기 드문 충격 사건에서 머리에 총을 맞고 살아남은 고아. 오레오를 엄청 좋아하는데 이제는 먹어도 맛을 모르게 돼버린 불쌍한 청년. 나를 수식하는 말 중에 마음에 드는 것은 하나도 없었다. 내 상태가 어느 정도 안정됐다고 판단된 뒤로 모르는 사람들이 계속 병실을 찾아왔다.

일단은 형사들.

"범인의 얼굴을 봤나요?"

"범인이 총을 쏠 때 어떤 표정인지 봤나요?"

"범인과 아는 사이였나요?"

"죽은 피해자와 아는 사이였나요?"

어떤 멍청한 형사는 이런 것도 물어봤다.

"아팠나요?"

아는 게 없다고 성실히 대답했다. 맞을 때는 아픈 줄도 모르게 정신을 잃었고, 깨어날 때부터 지금까지 줄곧 머리가 깨질 듯 아프다고, 그 멍청한 질문에도 대답해줬다. 내게도 질문할 권리는 있었다. 묻고 싶은 건 단 하나였다.

"정말로 제가 고아인가요?"

정부의 관료들. 국회의원들. 무슨 무슨 알 수 없는 단체의 회장이나 부회장들. (그중에 지구평평론자 협회의 회장이 있었는지도 모르겠다.) 그들은 특별히 질문하는 것이 없었고, 징그럽게 내 손을 괜히 붙잡고 과하게 머리를 끄덕이거나, 사진을 찍거나, 하여튼 별로 하는 일 없이 있다가 돌아갔다. 제일 싫었던 건 교회에서 온 사람들이었는데, 나를 둘러싸고 자기들끼리만 알아들을 수 있는 속사포 랩 같은 기도를 한참 하더니 음정에 대한 협의가 전혀 이뤄지지 않은 찬송가를 몇 곡이나 부르고서야 돌아갔다. 간호사에게 부탁해서 제발 교회 손님은 받지 말아달라고 말해야 했다.

마지막으로 SBS 시사교양 프로그램 〈궁금한 이야기 Y〉에서 찾아왔다. 총을 맞기 전에 즐겨 보던 프로이기도 했고, 그들이 나한테 궁금한 게 있는 만큼 나 역시 궁금한 게 많았으므로 촬영을 허락했다. 병원에서 깨어난 뒤 (의사의 말에 따르면 깨어났다는 꿈을 한참 꾼 뒤) 내가 보고 겪은 모든 것을 이야기했고, 그러고서 (의사가 꿈이라고 단정적으로 말한 것에서) 깨어나기 전 나를 찾아온 엄마와 아빠에 대해서도 말했다. 나는 1인실의 평평한 TV로 나를 다룬 〈궁금한 이야기 Y〉를 시청했다. 총을 쏜 인간에 대해서는 관심이 가지 않았다. 알고 싶지 않았다. 무섭기도 했고 증오스럽기도 했다. 폐에 관통상을 당해 죽었다는 여자 부분에서는 귀를 막고 딴생각을 했다. 그렇게 하지 않으면 견딜 수가 없을 것 같았다. 미안하기도 했고 하여튼 이상한 기분이었다. 내 이야기가 나오는 부분에서야 TV를 똑바로 바라봤다.

"오수안 씨는 병상에서 오랫동안 꿈을 꿨습니다. 오수안 씨의 부모님은 그가 태어난 지 얼마 되지 않아 교통사고로 돌아가셨습니다. 그는 여러 시설을 전전하며 자랐고, 오레오를 즐겨 먹었습니다. 그의 꿈속에 등장한 장면들 중 실제와 가까웠던 건 갓난아기 때부터 방송국을 들락거린 것뿐이었습니다. 그런 그에게도 이제 새로운 가족이 생길 수 있을까요?"

뭐라는 거야. 총에 맞았는데 가족이 왜 생겨. 작가가 아무 말 늘어놓기 대회에서 입선이라도 한 모양이었다. 사람을 바보로 만드는 방송이었다. PD에게 항의 전화를 하려다가 병원에 온 이후로 내내 핸드폰이 없었다는 걸 깨달았다. 방송국 놈들은 역시 믿을 만한 게 못 됐다.

참고로, 참고라는 것은 아까 말했듯 부차적인 일이지만, 나를 찾아온 사람들은 모두 머리맡에 오레오를 두고 갔다. 아직은 오레오를 먹을 수 없다고, 퇴원할 때 가져가라고 의사가 말했다. 나는 의사에게 물었다.

"정말로 제가 본 건 엄마, 아빠가 아니었어요?"

퇴원하는 날 침상 옆에 쌓여 있던 오레오들 중에서 오리지널만 골라냈다. 딸기며 피넛버터 맛을 비롯한 나머지는 병원 사람들에게 모두 나눠줬다. 여러 가지 선물을 받았다. 가장 마음에 드는 건 스마트폰이었고, 마음에 들지 않는 건 옷이었다. 택이 붙어 있는 깨끗한 옷을 아래위로 입고 거울 앞에 섰다. 요즘 유행하는 스타일이 어떤 건지는 모르겠지만 찐따처럼 보인다는 건 확실했다. 수학여행 가는 날 엄마가 사다 준 옷을 입은 고등학생처럼 보였다. 내게 만약 엄마가 있다면 어떤 옷을 들고 와서 입혀줬을까. 새 옷과 함께 받은 건 통장이었다. 한동안 일을 하지 않아도 될 만큼 꽤 많은 돈이 입금돼 있었다. 처음 보는 이름의 재단이나 개인 명의로 5만 원, 10만 원씩 입금된 내역도 있었다. 사람들이 총을 맞은 사람에게 돈을 내며 얻고 싶은 건 대체 무엇인지 이해하기 힘들었다. 병원에 누워 있는 게 자신이 아니라는 사실에 대한 안도감? 기적에 몇 푼 보태서 누리고 싶은 자기 자신에 대한 위로? 그냥…… 통장에 남아도는 돈을 주체할 수 없어서?

아니다. 나는 고마워해야 한다. 나를 살려낸 의료진에게. 돈을 보낸 사람들에게. 그리고 내 머리로 날아오던 총알의 속도를 늦춰준 이름 모를 여자에게. 그 여자는 죽었다. 그가 아니었다면 내 두개골이 산산조각 났을 것이고, 사후 세계에 예정보다 일찍 도착해 부모를 만나고 있었을 거다. 문득 그 여자에게도 자식이 있는지 궁금해졌다. 하나둘 궁금한 것들이 생기기 시작했다. 옹알이하던 시절 방송국 스튜디오에 김 반장이란 사람이 정말로 있었는지도 그중 하나였다. 〈궁금한 이야기 Y〉에는 당시 보육원 원장이었다는 여자가 나와 내가 얼마나 생글생글 잘 웃고 귀여운 아기였는지 인터뷰했다. 내 허리를 꼬집던 김 반장이 상상 속의 인물인 건지 알아야 했다.

나를 담당하게 됐다는 사회복지사가 집 주소를 문자로 보내줬다.

—기억나요?

—아니요. 제가 기억하던 거랑 달라요. 처음 보는 주소인데요.

—집주인한테 얘기해놨어요. 비밀번호는 1234로 바꿔놨았대요. 가면 뭔가 기억나는 게 있으면 좋겠네요.

그와는 문자나 전화 통화를 몇 번 한 게 전부였다. 늘 주변이 시끄러웠고, 일에 쫓기는 듯 용건만 간략히 전해주었다. 쓸데없는 동정심 같은 것이 느껴지지 않아 좋았다. 궁금한 것들을 알아봐줄 수 있는지 그에게 물었다. 뜻밖에 흔쾌히 알겠다고 해주어서 고마웠다. 문자로 받은 주소를 따라가 도착한 곳은 상계동의 한 다세대 주택이었다. 202호 앞에서 심호흡을 하고 벨을 눌렀다. 혹시라도 나를 반겨주는 누군가가 왈칵 문을 열어젖힐 것 같았다. 인기척이 느껴지지 않았다. 비밀번호를 눌렀다. 아무도 없었다. 나는 정말 고아가 맞는 모양이었다. 무겁게 내려앉은 공기에 퀴퀴한 빈집의 냄새가 섞여 있었다. 머리를 덮은 붕대를 뚫고 차가운 공기가 와 닿았다. 침대와 옷장, 책상과 컴퓨터가 있는 단출한 원룸이었다. 내가 살던 집이라는 사실이 명확하게 기억나지는 않았지만, 어쩐지 내 것인 것만 같은 생활의 기운이 느껴졌다. 오래 집을 비웠어도 지워지지 않는 것이 있었다. 나는 총을 맞기 전의 내 생활을 조금씩 기억해나가는 중이었다. 얼마 지나지 않아 그 기억이 완전한 나를 구성해 다시금 평범한 내가 되기를 원했다.

침대에 짐을 던져놓고 컴퓨터를 켰다. 다행히도 암호가

걸려 있지 않았다. 병원 침대에서 곁눈질로 본 〈궁금한 이야기 Y〉를 틀었다. 이번에는 두 눈을 똑바로 떴다. 내 머릿속에 들어온 총알을 먼저 맞은 여자. 그 여자는 브런치를 함께 먹기로 한 아들을 기다리고 있었다. 그리고 기적의 주인공 오수안. 오수안이 그날 그곳에서 뭘 하고 있었는지는 알 수 없었다. 오수안인 나도 그게 궁금했다. 내가 총에 맞는 장면이 블랙박스에 담겨 있었다. 만약 내가 죽는 곳이 병원 침대 위가 아니라면, 원룸에서 쓸쓸히 고독사하지 않는다면, 사고사한다면, 나의 마지막을 기록하는 것은 블랙박스일 거라고 생각한 적이 있다. 내가 그런 생각을 한 적 있다는 것이 희미하게 기억났다. 화질이 제법 좋아 내 멍청한 표정을 또렷하게 확인할 수 있었다. 머리에 붕대를 감은 지금은 조금 더 멍청해 보일 것이 분명했다. 그런데 그 멍청함 속에 나만 알 수 있는 무언가가 느껴졌다. 나는 허공을 보고 있는 게 아니었다. 무언가를 응시하고 있었다. 내가 시선이 닿은 곳은 총이 발사된 방향이었다. 총이 발사된 순간을 담아내기에는 블랙박스의 화각이 부족했지만, 그곳에 총격범 말고 다른 무언가가 있다는 사실은 분명히 알 것 같았다.

도대체 무얼 보고 있던 거지.

거기에 뭐가 있었던 거지.

아는 사람이라도 지나간 걸까.

퇴원하고도 내게 오는 연락이 별로 없는 걸 보면 내가 아는 사람, 나를 아는 사람은 많지 않은 것 같았다.

마우스로 커서를 움직여 멍청한 내 표정이 나오는 부분을 반복해서 들여다봤다. 그리고 마침내, 오랜만의 오레오였다. 손을 뻗어 오레오 상자를 들었다. 깊은 생각을 하면 쪼개질 것 같은 머리에 무리가 가지 않도록, 생각이라곤 아예 없는 듯 나 자신을 속이면서, 한 손으로는 오리지널 오레오의 비닐 껍질을 벗겨내며, 생각을 멈추지 않았다. 오레오의 웨이퍼를 벗겨내 크림을 핥았다. 미각은 소실됐지만 습관은 남아 있었다.

그 순간, 대뇌 피질에 전기 쇼크를 받은 듯 온 신경이 파르르 떨렸다. 믿기지 않는 일이었다. 웨이퍼 쿠키를 입에 넣고 우물거렸다. 어금니 근처의 신경에서 엄청난 양의 도파민이 뇌를 향해 돌진하는 게 느껴졌다. 잘게 부서진 오레오를 목구멍으로 넘길 때, 눈물이 저절로 쏟아져 나올 만큼 발끝까지 짜릿한 기분이 전해졌다. 그건 오레오가 아니었다.

오레오였지만, 내게는 더 이상 오레오가 아니었다.

다섯 상자를 정신없이 해치우고, 고개를 꺾어가며 컴퓨터 앞에 흩어진 쿠키 가루를 핥았다.

침대 옆 거울에 비친 내 얼굴을 보았다.

헝클어진 머리. 입가에 묻은 검은 가루. 미친 사람의 모습이었다.

이정
드로잉 로스트 치킨

    사모라면 집안이 뒤집어졌다고 말했을 것이다. 하루에
도 몇 번씩 그 말을 하곤 했다. 좋게 말하면 작은 일 하나
도 허투루 놓치지 않았고, 나쁘게 말하면, 굳이 나쁘게 말
해야 한다면, 죽은 사람에 대해 나쁘게 말하고 싶지는 않
지만, 사모는 호들갑이 심한 편이었다. 이정이 생각할 때
호들갑은 여유 있는 사람의 특권이었다. 묵묵히 남은 일
을 처리해줄 사람이 없다면 집안은 정말로 난장판이 될
것이었다. 이정은 특유의 침착한 성격을 바탕으로 집안
대소사의 우선순위를 정하는 데 능했다. 필요한 일에 유
능한 사람을 불러 일이 되게 하는 능력이 있었다. 이정이

남의 집 일을 한 20년 가까운 시간 동안 사모는 가장 모시기에 편한 안주인이었다. 호들갑을 떨 때를 제외하고는 성격이 유하고 공정했다. 이정은 사모와 자신의 팀워크가 좋다고 생각했다.

집안이 정말로 뒤집어졌는데, 호들갑 떨 사람이 없어서 너무 조용했다. 어떨 때는 그 기묘한 침묵을 견딜 수 없어서 이정 혼자서 무슨 일이라도 벌이고 싶었다. 하지만 그는 어디까지나 집 밖의 사람이었고, 고용인이었다. 그가 혼자서 결정할 수 있는 것은 하나도 없었다. 사모의 물건을 치워야 할지 말아야 할지. 그대로 둔다면 언제까지. 치운다면 어디로. 장례 절차가 끝난 뒤 사장은 서재로 숨어들어가 나오지 않았다. 집에 돌아와서도 밀려드는 조의를 누구에게 전달할지조차 판단할 수 없었다. 몇 입 베어먹고 서재 밖에 내놓는 햄버거나 짜장면 같은 것을 보며 사장이 아직까지 죽지 않고 살아 있다는 것을 확인할 수 있는 정도였다. 그릇을 치울 때마다 소름이 돋았다. 그저 입을 댔다 뗐을 뿐인데, 그가 먹다 남긴 것들은 유난히 보기 싫게 역겨웠고 썩은 내가 풍겼다.

이정은 저 방에 있는 것이 어쩌면 사장이 아닐지 모른다고 생각했다. 구렁이처럼 똬리를 틀고 있는 것은 아마 절망일 것이다. 육체를 가지게 된 절망 그 자체. 그런 생각을 하면 당장이라도 짐을 싸서 그 집을 떠나고 싶어졌다.

 아주만 아니었다면 당장에 그랬을 것이다. 이정이 그 집에 처음 들어갔을 때 아주는 열세 살이었다. 아주에 관한 이야기를 이미 알고 있었지만 아무것도 모르는 척하고 면접을 봤다. 알면서도 알지 못하는 사람의 연기를 할 줄 알아야 이쪽 일을 할 수 있었다. 기본적인 소양이었다. 알려주지 않는 것 이상 알려고 하지 말 것. 알고 있는 것을 안다고 생각하지 말 것. 알고 있는 것을 말할 때조차 아무것도 모르는 척할 것. 하지만 아주의 이야기는 듣지 않으려고 해도 저절로 귀에 들어왔다. 아주를 처음 만났을 때 마음속으로 한 말은 '너가 걔구나!'였다. 아주는 홈스쿨링을 했고 이정은 집안일과 함께 아주의 교육 전반을 조율하는 역할을 함께 맡았다. 적절한 선생들을 수배해 과외를 맡기고, 시간을 조율하고, 숙제를 점검하는 것. 아주는 대체로 독립적인 성격이었지만 가끔씩 끙끙대며 문제를 풀다가 이정에게 가져오는 일도 있었다. 엄마나 아빠에게 가지 않는 것은 이정의 문제 풀이가 꼼꼼한 탓도 있었겠지만, 이정이 얼마나 입이 무거운 사람인지 아주가 알고 있기 때문이었다. 그 또래의 아이는 둘 중 하나였다. 부모에게 전적으로 인정받고 싶어 하거나, 그들을 극단적으로 증오하거나. 그 마음이 같은 뿌리에서 나온다는 것을 이정은 모르지 않았다.

아주는 이제 열아홉이었다. 엄마를 잃었고 아빠는 굴속에 들어가 나오지 않았다. 아주 역시 침대에서 일어나지 않았다. 아침마다 하던 인사 '아저씨, 안녕'도 없었다. 연락을 주고받는 누군가가 있는 것 같지도 않았다. 먹지 않았다. 아무것도 먹지 않았다. 가끔 먹으려고 시도는 했지만, 결국에는 모두 토해냈다. 어떻게 해야 할지 감도 잡을 수 없었다. 입이 무겁고 실력이 좋기로 소문난 심리치료사 몇 명이 그 집을 다녀갔지만, 아주는 좀처럼 입을 열지 않았다. 아예 등을 돌리고 모른 척했다. 예, 아니요, 같은 말도 하지 않았다. 유능한 사람들이 포기했다고 무능한 사람을 부를 수도 없었다. 사모라면 뭐라고 했을까. 집안이 이렇게 뒤집어졌는데. 아주를 걱정하는 일에 너무 많은 힘이 들었다.

대문 열리는 소리가 났다. 비밀번호를 알고 있는 사람은 한 명뿐이었다. 사모의 언니 윤정이였다. 이정을 그 집에 소개해준 것이 그였다. 이정은 정식 면접을 보기 전에 강남의 어느 카페에서 윤정이를 만났다. 그건 일종의 예비 면접이었지만, 실질적인 결정권자가 윤정이라는 언질을 이미 받은 터였다. 그는 사사건건 부모처럼 사모를 통제하려고 들었다. 사모는 언니의 간섭을 성가시게 여기기는커녕 순종적인 막내딸처럼 굴었다. 실제로 나이 차이는 얼마 나지 않는데도 말이다. 그날 윤정이는 끝부분이 뾰족하게 올라간 뿔테를 연신 고쳐 만지며 깐깐한 표정으로 이정의 이력서를 한 장 한 장 넘겼다.

"교육학과를 졸업하고 왜 교사가 되지 않았어요?"

"임용고시 준비를 오래 했습니다. 그러다 많이 지쳤고요. 애들을 가르치는 게 제 적성에 맞는지도 고민됐습니다."

"그래도 잠깐 기간제 교사를 했네요?"

"집이 넉넉한 편이 아니었습니다. 고시 생활을 오래 해서 돈이 떨어졌거든요."

"그 뒤로 한 일들은 적성에 맞았나 봐요. 평판이 아주 좋아요."

이정은 가벼운 미소로 대답을 대신했다. 일에 관해서는 자신이 있었다. 그에게 작은 일을 맡긴 사람은 다시 불러 큰일을 맡겼다. 남들은 한 달도 버티지 못하는 집에서 몇 년을 일하기도 했다. 그는 자신이 '모셔야 하는' 대단한 집안의 사람들을 어떻게 대해야 할지 명확한 상을 가지고 있었다. 부유하게 자라 스스로 할 수 있는 일이 아무것도 없는 그들은 사춘기의 아이들이나 다름없었다. 아이 서른 명의 담임을 맡는 것은 내키지 않았지만 대여섯 명의 가족을 챙기는 일이라면 스트레스가 덜했다. 남의 집 하인 취급을 받는 일이 늘 유쾌하지는 않았지만 동기들이 받는 것과 비교할 수 없는 연봉이 때때로 느끼는 굴욕감을 상쇄시켰다.

"저는 이정 씨가 이 일을 꼭 맡아줬으면 해요. 동생은 뭐랄까…… 조금 심약한 부분이 있어요. 내 조카 아주는 확실히…… 까다로운 면이 있고요. 제부는 걱정 안 해도 돼요. 철없는 인간이지만 막돼먹은 새끼는 아니거든요."

"저를 마음에 들어 하시면, 저야 물론 최선을 다할 겁니다."

윤정이는 입에 든 껌을 뱉지 않고 앞에 놓인 커피잔을 입에 가져갔다가 내려놓았다. 위로 솟은 안경 때문에 살짝 올라간 입꼬리가 묘하게 사람을 무시하는 것처럼 보였다. 나중에 생각해보면 그건 비웃음이 맞았다.

"제일 맘에 드는 건 이정 씨 이름이에요. 이정 씨잖아요. 나는 정이고. 나한테는 이상한 믿음 같은 게 있어요. 아침에 빨간 차를 보면 그날 좋은 일이 생긴다든가. 집에 가는 길에 가로등이 깜빡거리면 악몽을 꾼다든가. 그런 게 대체로 들어맞는 편이거든요. 우리 동생은 그런 게 좀…… 심하지만. 그거 전부 나 때문인가? 웃기죠? 과학 하는 사람이 이런 거에 휘둘린다는 게."

윤정이는 그런 식으로 은근히 자기 직업을 상기시키려는 듯했다. 인정이 필요한 이에게 당근을 주는 일은 껌을 씹는 것보다 쉬운 일이었다.

"힘드시겠어요. 환자들을 돌본다는 게 대단한 일이잖아요. 숭고한 일이기도 하고요."

"그래봤자 마늘 주사 맞으러 오는 동네 사람들이 대부분인데요, 뭐."

이정의 입에 발린 소리는 제대로 먹혀들어갔다. 윤정이의 껌 씹는 속도가 눈에 띄게 빨라졌다.

"내일부터 출근하세요. 동생한테는 내가 말해둘게요."

집에 들어온 윤정이의 표정은 그날처럼 도도하지 않았다. 어깨에 멘 에르메스 숄더백에는 수액과 영양제가 가득 들어 있었다.

"아주는요?"

"방에 있어요."

"먹었어요?"

"좀 먹다가…… 다 토했어요."

서재가 열렸다. 턱수염이 덥수룩하게 난 사장이 발 없는 귀신처럼 문밖으로 흘러나왔다. 윤정이를 본 그의 얼굴에 당황한 기색이 역력했다.

"제부, 언제까지 그러고 있을 거예요. 지금 아주가 어떤 상태인지 알기나 해요?"

"짬뽕…… 온 줄 알았습니다."

정문에서 누른 벨이 울렸다. 인터콤으로 하이바를 쓴 배달원의 얼굴이 반 정도 비쳤다.

"짬뽕…… 왔군요."

"사장님, 아주랑 이야기를 좀 해보셔야 하는 게 아닐까요. 입원이라도 시켜야 하는데 통 말을 듣지 않아요. 이럴 때 사장님이라도 버팀목이 돼주셔야죠."

"이정 씨, 짬뽕…… 방으로……."

"지옥 가고 싶니."

윤정이의 나지막한 한마디에 증오가 가득 담겨 있었다.

"보내줄까? 어렵지 않아. 주사 한 대 꽂아줘? 그렇게 살 거면 그냥 죽어버리라고. 너 위층에 한번 가보기는 했어?"

"……."

"너 같은 새끼를 남편이라고 믿은 내 동생이 미친년이지. 뒈질 거면 네 아들 책임지고 죽어. 살려놓고 죽으란 말이야."

사장은 초점 없는 눈으로 고개를 들었다. 그가 보고 있는 건 이정도 윤정이도 아니었다. 그 사이의 어딘가 먼 곳을 보고 있었다. 부르튼 입술이 말라 껍질이 전부 벗겨져 있었다. 뭔가 말하려는 듯 입술을 들썩이다가 결국에는 그 작은 움직임마저 멈춰버렸다. 그는 나올 때처럼 서재 안으로 소리 없이 흘러들어갔다. 문 닫는 소리조차 내지 않았다. 윤정이는 그를 따라 서재로 들어가려다 걸음을 멈췄다. 이정을 의식하고 고개를 돌려 작게 한숨을 쉬었다. 평소였다면 이정은 그 자리에 없어야 했다. 주인집에서 큰 소리가 흘러나오기 전에 자리를 피하는 게 프로다운 자세였을 것이다. 하지만 폐허가 된 집에 필요한 건 프로 같은 게 아니었다. 사람이 필요했다. 한 사람이라도 사람 같은 사람이 있어야 했다.

이정은 윤정이의 숄더백을 받아들고 2층으로 올라갔다. 아주의 방에 작게 노크를 했지만 대답이 돌아오지 않았다. 두 사람은 조심스럽게 문을 열고 방에 들어갔다. 코

앞에 가서야 작게 오르내리는 숨소리를 들을 수 있었다. 윤정이는 가느다랗게 말라붙은 아주의 팔에서 혈관을 찾아내느라 고생했다. 이미 들어간 주삿바늘의 흔적 때문에 말라붙은 손등이 비에 맞은 가죽처럼 부풀어올라 있었다. 윤정이가 팔오금을 찰싹찰싹 때렸지만 아이는 반응을 하지 않았다. 나비 바늘 꽂는 자리를 몇 번이나 수정하고서야 수액이 들어가기 시작했다. 여러 번 바늘에 찔렸는데도 아주는 신음 한 번 내지 않았다. 윤정이가 수액이 천천히 떨어지도록 조절하고 영양제를 관에 넣었다. 그제야 아이는 한숨처럼 작은 숨을 토해내며 눈을 떴다. 자기가 누워 있는 곳이 어딘지 알아내려는 것처럼 좌우로 천천히 시선을 돌렸다. 이정과 눈이 마주치자 아주가 소곤대듯 입을 열었다.

"아저씨."

아주가 찾은 것은 이정이었지만, 다급한 대답은 윤정이의 입에서 나왔다.

"아주야, 이모야. 이모 왔어. 괜찮아?"

"배고파요."

"힘들지, 아주야. 이모랑 병원 가자. 아주는 지금 아픈 게 아니라 힘든 거야. 가서 치료받자."

아주는 고개를 돌렸다. 아이는 병원에 갈 수 없었다. 병원에 다녀오던 엄마가 죽어 병원으로 옮겨졌다. 그 아이에게 병원은 곧 죽음과 연결되는 단어였다. 이정에게 몇 번이나 말했다. 죽더라도 병원에는 가기 싫다고. 윤정이가 아주의 머리를 쓰다듬자 가늘어진 머리카락이 한 줌 흩어져 나왔다.

"아주야, 엄마 닮아서 이렇게 예쁘고 착한데. 숱도 많고. 이모가 너희 엄마 머리숱 얼마나 부러워했는지 알아? 이제 병원 가자, 응? 이모가 이렇게 빌게. 제발. 제발 부탁해."

"이모, 가요."

아주는 고개를 돌리며 차갑게 말했다. 윤정이는 조금 당황한 듯 보였다.

"그래 갈게. 갈 거야. 근데 아주야, 이모랑 같이 병원 한 번만 갔다 오자."

윤정이가 나무젓가락 같은 아주의 다리 밑으로 팔을 집어넣었다. 아이가 몸부림쳤다. 어디에 그런 힘을 숨겨놓고 있었는지 집이 떠나가도록 소리를 질렀다.

"가라고. 꺼지라고. 오지 말라고. 이모는 나한테 붙어서 죄책감 덜고 싶어요? 내가 이러고 있는 게 주변 사람 피곤하게 만들려고 억지 부리는 것 같냐고요. 각자 알아서 해요. 살면서 우리 엄마한테 잘못한 게 있는지 없는지 혼자 생각하고. 그걸 나한테 쏟아부어서 마음 편해질 생각 하지 말라고요."

윤정이는 깜짝 놀라 아주에게서 떨어져 나갔다. 불시에 뺨을 얻어맞은 사람처럼 몸이 굳어버린 것 같았다. 그는 입술을 파르르 떨더니 방에서 나갔다. 잠시 뒤에 대문 닫히는 소리가 들렸다. 그가 누군가에게 그런 취급을 받아본 일이 몇 번이나 될까? 이정은 정말로 심약한 건 사모가 아니라 윤정이일지 모른다는 생각을 했다. 등을 돌리고 우는 아주를 두고 방을 빠져나왔다. 몸에 얼마 남아 있지도 않을 수분이 저렇게 빠져나가는 것이 걱정됐다. 이 집에 필요한 건 사람이었다. 돌아다니는 건 자기밖에 모르는 유령들뿐이었다. 이정은 문득 궁금해졌다. 나는 왜 이 집을 떠나지 못하고 있는 걸까? 여기 남은 것 중에 나 역시도 유령인 건 아닐까?

이정은 2층에서 내려오다 유령을 마주쳤다. 사장이 짬뽕 그릇을 서재 밖에 내놓고 있었다. 면이 잔뜩 불어 그릇이 뚱뚱해 보였다. 국물만 조금 마신 것 같았다.

"처형은…… 갔습니까?"

"네."

"월급은…… 두 배로 넣고 있습니다."

부자라는 인간들에 대한 증오가 치솟아 올랐다. 사장은 자신이 유령이 되는 값을 돈으로 지불하려고 했다. 뒤집어져버린 집을 챙기는 것조차 돈에 맡기려 했다. 손톱만큼이라도 남아 있던 사장에 대한 동정심이 바싹 말라버리는 기분이었다.

"물건이…… 올 겁니다."

"……."

"여러 개…… 끊임없이 올 겁니다. 국제 택배로…… 크고 작은 게 올 겁니다."

"……."

"뜯지 마시고…… 서재에 가져다 놓으세요."

"사장님, 저 이렇게는 일 못 합니다."

"부탁합니다."

"뭘 부탁하는 건데요? 택배를요? 배달 음식을요? 아니면 죽은 사모님을 부탁한다는 건가요? 아주를? 진지하게 말해보세요. 그중에 제가 정말 책임질 수 있는 게 몇 개나 되나요? 할 수 있는 일이라면 하겠습니다. 하지만 이건 월급 문제가 아니잖아요. 정신을 차리세요. 제대로 정신을 차리고 가정을 책임지시라고요. 그렇지 않으면 저는 정말이 집에서 나갈 수밖에 없어요."

"부탁…… 합니다. 나는 지금 살기 위해 노력하고 있습니다. 이정 씨가 생각하는 방식과는 다를 수도 있겠지만…… 저는 제가 할 수 있는 일을 해야 합니다. 지금이 아니면 할 수 없는 일입니다. 이래야 아주도 살고……. 죽은 애 엄마한테도 떳떳하려면 어쩔 수 없습니다. 제 말이 이해가 안 되시겠죠. 제가 미친놈처럼 보이시겠죠. 그래도 어쩔 수가 없습니다."

사장이 그렇게 길게 말하는 걸 들은 게 얼마 만의 일인지 알 수 없었다. 그러면 안 되는데, 그것만으로라도 조금 안도감이 느껴졌다. 저 인간을 똑바로 세워놓고 주먹이라도 날려야 하는데, 어차피 그건 이정의 책임과 능력을 벗어나는 일이었다. 사장은 대답 없이 서 있는 이정을 세워두고 다시 서재로 들어갔다.

이정은 알 수 없었지만 사장은 자기 말처럼 노력이란 걸 하고 있었다. 아마도 그의 인생에서 그토록 치열하게 무언가를 좇아본 기억은 없었을 것이다. 그럴 필요가 없는 인생이었기 때문이다. 하지만 아내가 죽었고, 사장은 응당 겪어야 할 상실과 절망에 더해 이상한 예감에 휩싸여 있었다. 왜 하필 윤정아였을까. 왜 하필 자신의 아내, 아주의 엄마, 평생의 친구였던 동갑내기 여자가 서울 한복판에서 총을 맞아야 했던 걸까. 그는 자신의 일이 얼마나 불투명한지 생각했고, 자기 의지와 상관없이 돌아다니고 있는 돈이 무엇을 하고 있는지 전혀 모른다는 사실을 난생처음 부끄러워했다. 그것은 합리적인 의심이라기보다는 속죄의 의례였다.

그런데 놀라운 일이 벌어졌다. 아귀가 맞아들어가기 시작한 것이다. 자신이 관리하는 법인들의 돈이 미국의 총기 업체에 여러 차례 분산되어 들어갔다 나온 흔적을 발견한 것이다. 중화기를 생산하는 거대한 회사는 물론이고 물류를 담당하는 작은 회사들까지, 곳곳에 그의 법인과 관련된 발자국이 발견됐다. 직접적으로 연결된 흔적은 조심스럽게 지워져 있었지만 액수를 맞춰보면 연관된 법인들과의 결산이 일치했다. 하지만 그가 접근할 수 있는 건 돈의 흐름, 거기까지였다. 어떤 물건이 어디로 흘러가서 어떻게 총이 됐는지, 총이 되기는 한 건지, 그 총이 자기 아내의 몸에 구멍을 낸 게 사실인지를 규명할 수는 없었다.

그는 새로운 법인을 만들어 자기 돈이 움직이는 흐름을

따라가기 시작했다. 그들이 주문하는 것을 동일하게 주문하고, 그들이 입금하는 계좌에 같은 금액을 입금했다. 사장이 뜻하지 않은 메일을 받은 것은 그즈음이었다.

　─ 당신이 무엇을 찾고 있는지 알고 있습니다.

　사장은 그제서야 확실히 알았다. 자신이 무언가를 찾고 있다는 것을. 자신이 찾는 것에 무언가가 있다는 것을. 누구와도 공유할 수 없는 이야기였다. 정아가 살아 있다면 고민해볼 수는 있었을 것이다. 2층에서 내려오지 않는 아주에게는 죽어도 숨겨야 할 이야기였다. 혹시라도 아주까지 위험해진다면? 지금껏 그래왔듯이 아무것도 하지 않고 자기 멋대로 날뛰며 돌아다니는 돈을 구경만 하는 것이 모두에게 안전하다면? 하지만 그는 멈추지 않았다. 메시지에 답을 했다. 그 말도 안 되는 게임의 전말을 전하는 사람은 자신이 버지니아주 랭리에서 메일을 보내고 있다고 했다.

　하지만 이정에게는 이제 할 수 있는 일도 해야 할 일도 없었다. 하루에 두 번씩 하던 청소를 정해진 시간에 똑같이 하는 것 말고는. 사람이 돌아다니지 않아 먼지만 쌓이는 커다란 집을 쓸고 닦았다. 이정은 얼룩과 먼지의 차이를 처음으로 알게 됐다. 먼지는 중력만으로도 쌓이지만 얼룩에는 사람의 숨결이 필요했다. 중력만 있고 사람이 없는 그곳은 귀신의 집이었다. 어딘가에서 갑자기 사모가 튀어나와 이정을 놀래킨다면, 그건 얼마나 기적처럼 무섭고 기쁜 일일까. 주저앉아 엉엉 울지도 몰랐다. 남의 집 일을 하면서 돈을 벌고 싶었다. 전부 남의 일인 것으로만 두고 싶었다. 아무것도 책임지지 않는 삶을 살고 싶었다. 이제는 그럴 수가 없었다.

청소를 끝내고 식탁 끝 의자에 앉았다. 누가 보지 않아도 가운데에는 앉지 않았다. 길고 넓은 식탁에 남의 가족이 모여 식사하던 장면이 홀로그램처럼 떠올랐다. 그중에 사람으로 남은 것은 하나도 없었다. 잠시 엎드렸는데 잠이 쏟아졌다. 임용고시를 준비하던 시절 독서실 책상인 것처럼. 손바닥을 겹치고 그 위에 가만히 이마를 대면 머리의 무게가 느껴졌다. 제법 많은 것을 집어넣은 것 같은데, 너무 많이 욱여넣어서 그랬는지 번번이 낙방했다. 그때 쉽게 합격했더라면 지금은 다르게 살고 있었을 것이다. 생각해보면 모든 일이 그랬다. 이정은 삶의 중요한 고비마다 자신에게서 멀어지는 선택을 했다. 가장 노력하던 것에서 멀어졌고, 꿈꾸던 삶에서 멀어졌고, 자기 자신의 삶에서 멀어졌다. 결국에는 자기 삶에서 가장 먼 것들이 이정의 발목을 잡고 있었다. 조그만 소리가 들렸다. 아저씨…… 아저씨…….

꿈을 꾸고 있다고 생각했는데, 아주의 목소리였다. 이정은 위층으로 달려갔다. 문을 열자 아주가 서 있었다. 수액을 맞은 덕에 기운을 조금 차린 듯했다. 아주의 손에 종이 한 장이 들려 있었다. 닭고기였다. 연필로 직접 그린 그림이었다. 바삭한 닭 껍질의 질감이 손에 만져질 듯 살아 있었다. 아주는 시카고 예술대학 SAIC의 입학 허가를 받아놓은 상태였다. 집이 뒤집어지지 않았다면 지금쯤 아주는 미국에 있어야 했다.

"이거 먹고 싶어요."

"이게 뭔데?"

"로스트 치킨."

"굽네야?"

"아니 아니. 그날 엄마랑 먹기로 했던 브런치 메뉴. 로스트 치킨이랑 카프레제 샐러드랑 오믈렛 같은 거. 그런 거 나오는 메뉴였는데…… 먹고 싶어요. 로스트 치킨. 이렇게 생긴 거."

"알았어. 금방 사다 줄게. 거기 어디지? 가로수길이지?"

"아니 아니. 아저씨가 구워줘요. 우리 집에 오븐 있잖아."

"그……래. 알았어. 내가 해볼게."

"똑같이 만들어줘요."

"알겠어."

"그림이랑 똑같이."

"응. 똑같이 만들어줄게."

"아니 아니. 완전히 똑같아야 해요. 정확한 마이야르 반응이 필요해. 껍질은 정말로 딱 그만큼만 타야 해요. 그림에서 탄 그 부분만. 굽기는 딱 그 정도. 손가락으로 누르면 살짝 들어갈 거예요. 후추가 조금 필요할 거야. 그려진 대로 뿌려줘요. 어떤 후추 알갱이는 살에 깊이 파고 들어갔어. 어떤 건 겉에 기름에 그냥 묻어 있기만 한 거야. 알겠죠? 똑같이. 똑같아야 해요. 나는 이것만 먹을 수 있어요."

"왜?"

"모르겠어. 그냥 알 것 같아. 아저씨는 할 수 있을 거야. 아저씨는 뭐든지 다 해주잖아요. 만들어주세요. 내가 그린 완벽한 로스트 치킨을요."

고민지

제이슨 본은 막창에 소주를

저녁 7시 홍대입구역에 내린 고민지는 고개를 숙이고 인파 사이를 헤쳐 나갔다. 사람이 많은 곳은 질색이었다. 평소라면 절대로 퇴근 시간에 지하철을 타고 움직이지 않았을 것이다. 언제쯤 이 보잘것없는 공무원 생활을 때려치울 수 있을지 고민하는 게 요즘 일과의 절반을 차지했다. 약속을 잡은 것은 고민지가 아니라 상대방이었다. 고민지는 요구하는 대로 따를 수밖에 없었다.

애초에 고민지는 학부 졸업을 앞두고 경찰 간부 시험을 준비했다. 하지만 겹치는 과목이 있고 시험이라는 게 다 거기서 거기라는 생각이 들어서, 몸이라도 풀어보자는 생각으로 지원한 국정원에 덜컥 합격해버린 거다. 대학에 다니는 내내 사회과학 동아리 활동에 열성적이었고, 학생회 활동을 하며 선배들을 따라 이런저런 시위에 가담한 경험도 있어서 합격할 거라는 기대를 하지 않았다. 이 나라의 대표적인 정보기관이 그 정도로 멍청하게 사람을 뽑을 거라고는 생각도 하지 못한 거다. 회사에 들어가서 보니 고민지의 행적과 사상은 이미 일목요연한 파일로 정리되어 상부에 공유되어 있었다. 연수를 마친 고민지는 국내 정보 파트에 배속됐다. 그를 뽑은 과장은 언젠가 술자리에서 이렇게 말했다.

"혼란스럽지? 이 생활 앞으로 어떻게 해야 하나 싶고 그렇지? 걱정하지 마. 공무원 생활 3년 하면 다 물이 빠지게 돼 있어. 그러면 너는 우리 회사의 진짜 소중한 자원인 거야. 그런 말 알지? 지피지기면 백전백승. 트로이의 목마. 적을 알아야 나를 안다. 너를 뽑은 것에는 다 그만한 이유가 있는 거란다."

사회생활에 적응하는 건 어렵지 않았다. 고민지의 회사는 학생회보다 좀 더 크고 전문적이며 비도덕적인 일을 체계적으로 하는 고용주였다. '지피지기면 백전백승'과 '적을 알아야 나를 안다' 사이에 어떤 차이가 있는지 질문하지 않는 정도의 참을성이라면 하루하루의 과업은 그리 어려운 일이 아니었다. 다만 3년이 지나고 5년이 지나도 과장의 말처럼 머릿속에 든 빨간 물이 빠져 하얗게 변하지는 않았다. 회사가 그 사실을 모를 리 없었다. 그 덕에 고민지는 크고 강한 신념이 요구되는 중차대한 작전, 이를 테면 인터넷 게시판에 댓글을 다는 일이라든가, 민간인의 뒤를 쫓으며 쓰레기통을 뒤지는 일에 차출되지 않았다.

이번 일은 고민지의 평소 업무와는 확연히 달랐다. 제대로 된 작전을 수행하게 된 게 얼마 만인지 기억이 가물가물했다. 이번 작전에서 고민지가 다짐한 건 단 하나였다. 핵심 정보원인 임다인을 회사에 공유하지 않는 것. 그는 회사에 최소한의 보고만 하며 혼자 움직이고 있었다. 덕분에 몇 분 후면 현직 CIA 요원과 직접 대면하는 영광을 얻게 된 것이다. 미국이나 이스라엘로 파견 연수를 떠나는 동료들이 더러 있었지만 고민지의 고과로는 어림도 없는 이야기였다. 그가 생각할 수 있는 CIA라는 것은 제이슨 본이 스크린에서 보여준 형상에서 벗어나지 않았는데, 본이라는 캐릭터가 자신과 마찬가지로 조직이라면 질색하는 비뚤어진 인간이라는 점이 마음에 들었다. 본 시리즈는 완벽했다. 〈본 레거시〉라는 오점을 제외하면 말이다.

지금만 해도 그랬다. 홍대 입구에 CIA의 안전가옥이 있을 줄 누가 상상이나 했겠는가? 이건 영원히 혼자만의 비밀로 간직할 생각이었다. 박창식이 아무리 무능한 기자라고 해도 이 이야기는 해주지 않을 것이다. 차가 아닌 지하철로 이동하게 한 것도 이유가 있을 거라는 생각이 들었다. 고개를 숙이고 걸으면서도 눈알을 굴리며 주변을 살폈다. 그들은 아마도 신문을 펴들고(아마도 조선일보일 것이다) 고민지의 걸음걸이를 살피며(고민지는 약간 안짱다리로 걸었다) 그에 대한 프로파일링을 시작했는지도 모른다. 아니지. 본 시리즈를 복기해보면 CCTV로 자신을 지켜보고 있을 것이다. 기껏해야 지역 농협 사무실 같은 데를 들락거리던 자신이 진짜 정보 요원이 됐다는 생각에 고민지는 조금 들떠 있었다.

약속 장소는 연남동 변두리의 한 건물이었다. 게스트하우스 간판을 걸고 있었지만 안에는 어떤 시설을 갖추고 있을지 모를 일이었다. 계단을 올라가는데 술에 취한 외국인들 한 무리가 저마다 손에 카프리 병을 들고 내려왔다. 뭐지? 완벽한 위장을 위한…… 고도의…… 3층에 올라가니 온통 이케아로 꾸며놓은 아늑한 분위기의 거실이 등장했다. 카운터에 앉아 있는 남자는 고민지를 반갑게 맞으며 예약 여부를 물었다. 관리가 전혀 되지 않은 레게 펌에 초록색 머리띠를 묶은 그의 입에서도 옅은 술 냄새가 났다.

"알렉스를 만나러 왔는데요."

"아, 1인실 손님. 아까 입실하셨어요. 303호로 가보세요. 근데, 아시죠?"

남자는 카운터 위에 있는 빛바랜 A4 용지를 손으로 가리켰다.

Additional Person, Extra Charge.

고민지는 인상을 찌푸리며 고개를 끄덕였다.

알렉스는 배가 더부룩하고, 콧수염과 머리가 모두 금발인 아이리시계 백인이었다. 할인마트에서 구입한 듯한 블루종은 안에 받쳐 입은 체크무늬 셔츠와 완벽하게 어울리며 흰색 코듀로이 팬츠를 더욱 돋보이게 했다. 삼각 모자를 씌워놓으면 당장에라도 아이스크림을 푸짐하게 퍼담아줄 것 같은 인상이었다. 확실히 본 시리즈에 캐스팅될 만한 캐릭터는 아니었다. 악수를 했는데 손이 축축했다.

"다한증이 있습니다."

결례가 될까 봐 티를 내지 않았는데, 대뜸 고백한 건 알렉스 쪽이었다.

"요원으로는 빵점이죠. 긴장했다는 걸 금방 들키니까요."

"괜…… 괜찮습니다."

"인간으로서도 빵점입니다. 긴장하지 않아도 땀이 나거든요."

자기 비하가 심한 타입이구나 싶었다. 고민지는 문득 막창에 소주나 한잔하고 싶어졌다.

"에이전트 고, 당신은 어떤 사람입니까?"

"공무원입니다."

"말이 좀 통할 것 같네요. 바로 본론으로 들어가도 될까요?"

"이 대화는 녹음되나요?"

"원칙적으로는 그래야 하지만, 저는 그렇게 하지 않을 생각입니다."

"그렇다면 저도 그렇게 하죠."

"사실 이번 사건을 우리 기관에서는 정식으로 다루지 않고 있습니다. 일단 총기 사건이라고 보기가 힘들어요. 모조 총기에 의한 폭발 사고에 가깝죠. 총기 난사라는 건……. 우리 나라에서 매일같이 일어나는 일들에 대해 말하지 않아도 잘 아시지 않습니까. 미안한 이야기지만 지금 한국에서 일어나고 있는 일들은 국제적 범주의 대형 사건에 들어가지 않아요. 그렇다고 우리가 아주 손을 놓은 것은 아닙니다. 가능한 자원을 총동원해 관련자들에 대한 프로파일링을 진행했죠. 결과는? 특별한 점이 없습니다. 극단주의 단체는 물론이고 전 세계의 어떤 범죄 조직과도 접점이라고 할 만한 부분이 없었어요. 그런데 제가 여기까지 온 건 아무래도 마음에 걸리는 게 있어서입니다. 바로 이것 때문이죠."

알렉스가 고민지 앞에 내놓은 것은 박창식에게 뽑아준 'M4A1 MANIFESTO'였다. 여러 차례 읽은 듯 구겨진 종이 이곳저곳에 형광펜과 밑줄이 쳐져 있었다. 애사심 따위 엿 바꿔 먹은 지 오래라지만 남의 나라 정보기관이 국정원 서버에 들락날락한다는 걸 알고 나니 기분이 좋지 않았다. 알렉스는 표정을 읽는 게 정보 요원으로서의 특기인 듯했다. 이번에도 고민지보다 먼저 말을 꺼냈다.

"서버에서 가져온 게 아닙니다. 하드 카피 한 부를 받았을 뿐이에요. 그쪽에 오랜 친구가 있거든요."

"아, 네. 그러시겠죠."

"물론 서버에서 가져올 수도 있었습니다. 그러지 않았을 뿐이죠."

알렉스가 눈을 찡긋했다.

"남의 나라에서 일어난 대수롭지 않은 사건에, 자료라고 는 누가 쓴 건지도 모르는 선언문 한 부가 달랑 있을 뿐인 데. 당신 말대로라면 CIA가 왜 여기에 관심을 갖는 거죠?"

"사실…… CIA는 관심이 없어요. 순전히 내 개인적인 이유 때문에 온 겁니다. 그건 말이죠, 흠. 말하자면 조금 쑥스러운 이야기인데, 어차피 여기까지 당신을 불러냈으 니 모두 말할 수밖에 없겠구나 싶군요. 나는 지금 근무 상 태가 아닙니다. 실은 휴가차 일본에 가는 길이에요. 료칸 을 예약해놨거든요. 무려 보름 동안이나요. 이건 나의 퇴 직 휴가입니다. 에이전트 고, 당신 정도의 요원이라면 한 눈에 알겠죠. 나는 그렇게 유능한 요원이 못 됩니다. 어쩌 다 갖게 된 첫 직장이 이렇게 된 거고, 일평생 랭리에서 내가 한 일은 현장 요원들의 보고서를 앞뒤가 맞는 이야 기가 되도록 고쳐 쓰는 일이었습니다. 사실 내 꿈은…… 소설을 쓰는 겁니다. 오해하지 마세요. 절대로 CIA 요원 같은 건 나오지 않는 제대로 된 소설을 쓸 겁니다. 형사 나…… 기자 정도는 나와야 할지도 모르겠어요. 그들 없 이 이야기를 전개하는 게 사실 가능하기나 하답니까?"

"글쎄요. 전 소설은 잘 안 읽어서."

"그런데 어쩌다 그 선언문을 읽게 됐습니다. 혹시 당신도 읽었습니까?"

"물론이죠."

사실은 읽지 않았다. 긴 글이라면 질색이었다. 박창식의 요약본을 기다리는 중이었다.

"이건 굉장히 특이한 선언문입니다. 어떤 입장을 드러내고 있기는 한데…… 특정한 누군가의 입장이라고 보기는 힘들어요. 굳이 분석을 해보자면 이 매니페스토의 화자는 총입니다. 총의 입장에서 쓴 글이에요. 그렇게 보고 나니 어쩐지…… 사람이 썼다는 생각이 들지 않더군요. 하지만 어떤 부분은 지극히 인간적이고…… 마음을 울리는 부분이 있었어요. 한국 가수의 노래 가사도 인용했더군요. 여기 이 부분. 형광펜 친 부분을 보세요.

나는 알지도 못한 채 태어나 날 만났고

내가 짓지도 않은 이 이름으로 불렸네

걷고 말하고 배우고 난 후로 난 좀 변했고

나대로 가고 멈추고 풀었네

세상은 어떻게든 나를 화나게 하고

당연한 고독 속에 살게 해

이소라라는 가수의 노래였습니다. ⟨Track 9⟩이라니. 시규어 로스 이후로 이렇게 쿨한 제목을 붙이는 가수는 오랜만이었죠. 제목뿐이겠습니까? 이 가사는…… 총입니다. 한 구절 한 구절이 총이 아니면 할 수 없는 이야기입니다. 이소라는 혹시…… 총인가? 하는 의심이 들 정도였습니다. 나는 그 앨범 전체를 듣고 또 들었습니다. 번역기를 돌려가며 가사 한 구절 한 구절을 음미했습니다. 이루 말할 수 없을 만큼 멋진 노래들이었어요. 나는 이소라의 앨범을 들으며 'M4A1 MANIFESTO'를 읽고 또 읽었습니다. 그리고 깨달았죠. 이걸 쓴 사람을 만나야 한다는 걸 말입니다. 이제껏 사무실 책상에 앉아 부장 몰래 수없이 많은 소설을 썼습니다. 언젠가 출판사에 보내려고 제본을 해둔 작품도 있죠. 아직 전문 편집자에게 보내본 적은 한 번도 없습니다. 아무래도 저의 신분이 이렇다 보니…… 이해 충돌이라든가…… 겸직 금지라든가…… 그런 것들 아시지 않습니까. 하지만 알게 됐습니다. 이제껏 내가 쓴 것들은 모두 쓰레기입니다. 나는 이 선언문을 편집해서 책으로 내고 싶습니다. 내가 이제껏 현장 요원들의 보고서를 고쳐 글다운 글로 만들어온 것처럼 말이죠. 그 일에 남은 생을 바치고 싶다고 결심한 겁니다. 그래서 에이전트 고, 당신을 만나러 온 겁니다. 당신이 이 사건을 담당하고 있다고 들었어요."

"내가 좋아하는 건 〈Track 8〉이에요. 하지만 사실상 거의 모든 곡이 베스트 스코어죠."

"당신이라면 역시 이해해줄 거라고 생각했습니다."

"뭐를 이해해요? 나는 그냥 당신보다 이소라를 좋아하는 거예요. 그쪽에 대해서는 이해가 하나도 안 되는데요? 미스터 알렉스. 알렉스라고 부를게요. 당신은 지금 전혀 스페셜한 에이전트가 아니니까요. 당신이 소설가를 꿈꾸든, 편집자로 대박을 치고 싶든 나랑 무슨 상관이 있는 건데요? 출판 에이전시에 관심 있으면 홍대가 아니라 파주로 갔어야죠. 나는 지금 내 귀중한 시간을 쪼개 당신을 만나러 여기까지 왔어요. 그런데 내가 지금 듣고 있는 건 뭔가요? 이 순간에도 남북의 접경 지역에서는 소리 없는 총성이 울리고 있어요. 나는 내 양심을 걸고 선언했단 말입니다. 음지에서 일하고 양지를 지향하는 대한민국의 국가정보원 특수 요원이 되겠다고요. 그런데 당신, 알렉스 씨는 문학 취향이나 이야기하려고 나를 불러낸 건가요?"

고민지의 다그침에 알렉스는 땀을 뻘뻘 흘리며 당황해했다. 뒷주머니에서 손수건을 꺼내 목덜미를 훔치며 말을 이어갔다.

"아, 이런. 제가 실수를 했군요. 'M4A1 MANIFESTO' 이 야기를 꺼내다 보니…… 정신없이 제 감상만 떠들고 말았어요. 당신 말이 맞습니다. 당신의 귀중한 시간을 빼앗을 수는 없죠. 이걸 받으세요."

알렉스는 블루종의 안쪽 주머니에서 USB 메모리 한 개를 꺼냈다.

"여기에 전부 담겨 있습니다. 청계천 공구 상가 쪽에서 일어나는 일은 우리 역시 모두 파악하고 있어요. 그쪽에 이상한 자금이 흘러들어가고 있는데 패턴이 좀 특이해요. 이런 흐름은 본적이 없어요. 뭐랄까…… 돈이…… 엔트로피적으로 소진되면서 동시에 화수분처럼 충전되고 있달까? 화수분 맞습니까? 연방준비은행의 양적 완화랑 비슷한 개념이라고 알고 있는데. 충격 사건 이후에는 돈의 흐름이 더 활발해졌어요. 이 알고리즘을 만든 게 사람이든 기계든, 돈이 엄청나게 많고 정신이 제대로 박히지 않은 건 분명합니다. 돈의 흐름을 쫓아가면 사건의 전말을 알 수 있을 겁니다. 그렇게 되면 이 선언문을 쓴 사람도 밝혀지겠죠. 무척 상세한 자료라서 사건을 해결하는 데 제법 도움이 될 겁니다. 에이전트 고에게 부탁하고 싶은 건 단 하납니다. 그를 잡아낸다면, 구속해서 수사에 넘기기 전 나와 한 번만 대화할 수 있게 해줘요. 잠깐이라도 괜찮습니다. 내가 원하는 건 그게 전부입니다."

"대수롭지 않은 사건이라 관심도 없다면서요? 어떻게 이런 자료를 갖고 있는 거죠?"

"이 바닥 일이 다 그런 거죠. 관심 있어도 없는 척. 관심 없어도 있는 척. 청와대 지하 벙커에 화장실이 몇 개 있는지 제가 알까요? 모를까요?"

"그딴 건 나도 관심 없어요. 정말로 당신이 원하는 건 그게 전부예요?"

"전부. 그게 전부. 진짜로. 리얼입니다."

"……배 안 고파요?"

"사실 조금 고픕니다. 마지막 기내식을 걸렀거든요."

"내장 좋아해요?"

"소 내장 요리라면…… 포르투에서 먹어본 적 있습니다. 내 입맛에는 영……."

"제대로 먹으려면 숯불에 구워야죠. 스페셜 에이전트 알렉스, 당신 소주 마셔봤어요? 같이 나가요. 근처에 죽여주는 집을 알아요."

고민지는 알렉스에게 숯불 막창구이를 알려줬다. 그다

음은 뼈다귀 감자탕이었다. 마지막으로 멸치와 밴댕이 포로 국물을 우려낸 잔치국수까지. 그 정도면 한국의 거의 전부를 보여준 것이나 다름없었다. 함께 비운 소주병을 세다가 포기한 게 언제쯤이었는지 기억이 나지 않았다. 새벽 내내 알렉스는 꽤 진솔한 인간이었고, 소설광이었으며, 업무 계통상 공식적으로 인정받은 무능한 요원이었다. 지하철을 기다리며 고민지는 알렉스에게 물었다.

"당신 평생 책상물림이었다고 했잖아요. 제대로 된 현장에 나가본 적도 없다고."

"그랬죠."

"진짜예요?"

"글쎄요."

"선언문은 어떻게 구한 거죠? 우리 회사에는 어떻게 친구가 있는 건데요?"

목덜미부터 귀까지 온통 벌게진 알렉스가 고개를 숙이고 킥킥댔다. 땀이 송골송골 맺힌 구레나룻 옆으로 고무 패킹이 빠져버린 수도꼭지처럼 물줄기가 흘러내렸다. 손수건은 간밤에 잃어버린 지 오래였다. 그는 캐리어 위에 걸터앉아 있었다. 웃음을 멈추고 조는 듯 휘청이더니 뒤로 넘어가며 나자빠졌다. 고민지가 손을 내밀어 엉덩방아를 쥘은 알렉스를 일으켜줬다. 축축한 손이 젖은 행주 같았다. 그는 고민지의 손을 놓지 않고 말했다.

"펜팔이라고 하면 믿겠습니까? 중요한 건 진실이 아닙니다. 어떻게든 연결되어 있다는 것이 중요한 거죠. 어느 조직에나 무능하고 버려진 이들은 존재합니다. 우리에게 필요한 건 쓸모없는 자들의 네트워크입니다."

어쩐지 가입 신청서라도 쓰라는 것 같아서 기분이 고약했지만 짜증 나는 대답은 아니었다. 공항철도 첫차를 태워 알렉스를 보낸 뒤 고민지는 노트북을 열었다. 보안 모드로 접속해 알렉스가 준 USB를 꽂았다. 검사가 완료되고 USB를 열어볼 시간이었다. 고양이 사진이 잔뜩 담긴 폴더 하나가 달랑 들어 있다고 해도 화내지 않을 생각이었다. 고양이는 귀여우니까. 고민지가 고양이보다 더 좋아하는 건 버섯이었다. 머리가 큰 버섯. 머리가 작은 버섯. 이끼 같은 버섯. 그는 버섯에 대한 기대와 오해가 좋았다. 대부분의 버섯은 사실 영양가 없는 포자 덩어리에 불과했다. 버섯을 말리고 찌고 절이는 사람들의 노력 속에는 벼락 맞은 대추나무에 절하는 것과 비슷한 소박한 믿음이 존재했다. 하지만 버섯은 귀여운 외모와 달리 성질이 더러운 녀석이었다. 잘못 고르면 속을 온통 뒤집어놓으며 성질을 부리는 것이다. 작고 성질 나쁜 존재가 어떻게 귀엽지 않을 수 있을까. 하지만 알렉스의 USB는 귀여운 정도가 아니었다. 폭발적인 독버섯이었다. 그리고 유용했다. 반드시의 타깃이 명확해졌다. 사건 이후 모든 자금과 물자가 한 곳으로 모이고 있었다. 고민지는 핸드폰을 열어 박창식에게 전화를 걸었다.

"민지야, 술 냄새 난다."

"지랄하네. 아는 척하지 마 새끼야."

"거봐. 혀 꼬였잖아. 주말 아침에 전화 거는 고민지면 뻔한 거지. 무슨 일인데?"

"읽어봤어?"

"벌써 다섯 번째 읽고 있어."

"말해봐. 건질만 한 게 뭐 있는지."

"일단 이건…… 문학이야. 존나 슬퍼. 내가 책이라면 질색하는 거 알지?『앵무새 죽이기』이후로 읽은 책 한 권도 없다. 문화부 할 때도 보도자료 받은 거 우라까이만 했지. 근데 이건 진짜…… 손에서 놓을 수가 없어. 주인공이 총이야. 민지야 딱 생각해봐. 자. 니가 딱, 총이야. 딱총이라는 게 아니고, 딱, 가정을 해보라고. 자 이제, 생각해봐. 내가 총인데 입에서 파바밧 총알이 나가. 나 땜에 다 죽어.

근데 총은 그러기 싫은 거야. 그럼 막, 기분이 얼마나, 기분이 안 좋겠어. 속상하잖아. 그래서 얘는 이걸 쓴 거야. 자기는 총인데 이제 총이 되기 싫대.”

“총이 그렇게 싫으면 뭐 하러 총 만들기 대회를 열어.”

“그건 또 다른 문제지. 거기에 대해서도 나와. 존재하는 것은 무한히 증식하려 한다. 그걸 거스를 수는 없는 거라고. 자신은 총이지만 완전하고 유일한 총일 수는 없대. 그래서 그런 게임 같은 거는 자신이 통제할 수 없는 부분인 거야.”

“독후감 잘 들었어. 그래서 건진 게 뭐야?”

“없어. 그냥 읽었어. 너는 뭐를 꼭 얻을라고 책을 읽니? 『앵무새 죽이기』 보긴 했어? 너 책 보면서 울어본 적 있어? 근데 나도 기억이 잘 안 난다. 마지막에 앵무새가 죽던가? 아니면 말을 하던가?”

“잘 들어. 내가 지금 누굴 만나고 왔는지 알아? 알 리가 없지. 몰라도 돼. 어차피 말 안 할 거거든. 근데 지금부터 뭘 해야 할지는 알지. 업무 개시야. 다들 모이라고 전해. 제대로 한탕 할 거니까. 잘만 되면 나 이번에 한국 뜬다.”

“반드시?”

“그래. 반드시.”

오수안

스모킹 오레오

내 주위를 둘러싼 공간이 스크류바처럼 배배 꼬이다가 고무줄을 놓은 것처럼 튕겨 나가기를 반복했다. 침대에 누워 생전 처음 느껴보는 비물질적 롤러코스터의 환상적인 감각에서 헤어 나오지 못했다. 그러다 어느 순간 정신을 잃고 잠에 든 모양이었다. 눈을 떴을 때 시곗바늘은 2시를 향해 있었고, 창밖을 비추는 가로등의 불빛으로 추정컨대 낮이 아닌 건 분명했다. 오레오의 효능을 알아버린 나는 당장에 편의점으로 달려갔다. 매대에 있는 모든 과자를 한 개씩 바구니에 담았다. 쿠키와 칩은 물론이고 초콜릿과 껌까지. 라면도 종류별로 쓸어 담았다. 바구니

하나가 찰 때마다 매대에 가져다 놓았다. 더 이상 고를 물건이 없어지고 난 뒤에 세어보니 열 바구니가 나왔다. 한숨을 쉬며 바코드를 찍던 아르바이트생이 나를 알아봤는지 눈이 동그래졌다.

"어! 총 맞은!"

"네. 총 맞았어요. 뭐요."

자고로 서비스업에 종사하는 사람이라면 완성된 문장을 정확히 구사하는 법을 배워야 한다. 총 맞은, 나. 그래서 뭐 어쩌라는 건가. 나는 오수안이다. 총 맞은 사람이기도 하지만, 오늘 퇴원한 환자이기도 하다. 신라면보단 진라면이다. 짜파게티에는 고춧가루를 넣는다. 짜장면에는 넣지 않는다. 하지만 이제는 모두 소용없는 일이다. 일시적일지 영구적일지 알 수 없지만, 현재로서는 미각을 상실한 상태다.

그리고 오레오가 나를 이상하게 만든다.

오레오와 나 사이에 뭔가 특별한 일이 생겨버렸다.

나를 규정할 수 있는 말은 이렇게나 많은데, 할 수 있는 말이란 게 고작 어, 총 맞은, 뿐이라면 대단히 서운해지는 거다. 총을 맞은 기념으로 특별 할인이라도 해주면 모를까. 새로 받은 핸드폰은 통신사가 어디였더라? 아니지.

생각해보니 체크카드에 돈이 가득 들어 있다. 얼마 되지도 않는 할인 따위 신경 쓰지 않기로 했다. 아르바이트생은 떨떠름한 표정으로 내가 고른 과자를 비닐봉지에 담았다. 뭐요, 라는 내 대답이 그에게 상처가 된 것 같다. 하지만 생각해보라고. 어느 날 갑자기 총을 맞았다고 해서 모든 사람에게 친절해야 할 의무가 생기는 건 아니잖아. 내가 총 맞은 데 보태준 게 뭔데? 당신이 그 총 만들었어? 쐈어? 갑자기 성질이 뻗치는 건 뇌수술의 후유증인 것 같다. 아무래도 단전 호흡 같은 거라도 배우러 가야겠다. 복식 호흡을 한다고 뇌압에 이상이 생기거나 하지는 않겠지.

"사인해주세요."

"아 진짜, 너무한 거 아니에요? 총 맞은 사람 사인 받아서 뭐 하게요. 인스타에 올리게요?"

"아니요. 결제요."

"……"

"결제해주세요."

"네."

나는 패드에 사인을 하고 손가락에 한 개씩 봉지를 끼웠다. 그래도 여덟 개가 남았다.

"이거 일단 가져다 놓고 다시 와도 될까요?"

"네. 그러세요. 쾌차하시고요."

"감사합니다."

자고로 서비스업에 종사하는 사람에게 친절히 대하는 법을 배워야 한다. 어떠한 경우에라도.

책상 앞에 과자를 일렬로 늘어놓았다. 색상별로. 종류별로. 하나씩 뜯어서 입에 넣었다. 아무런 맛도 느껴지지 않았다. 언젠가 놀이터에서 모래를 먹어본 적이 있는 것도 같다. 왜 그랬는지는 모르겠다. 소꿉놀이라도 했던 걸까. 모래에도 맛이 있었다. 비릿하고 씁쓸하다가 끝에 짠맛이 느껴졌다. 하지만 지금은 무엇을 입에 넣어도 맛이 느껴지지 않았다. 모래만큼의 맛도 나지 않았다. 라면 수프를 통째로 털어 넣었을 때의 질감이 모래와 조금 비슷했다. 나의 뇌는 완전히 고장 나버렸다. 오직 오레오에만 반응하도록. 그것도⋯⋯ 뭐랄까⋯⋯ 다소 선정적인 방식으로 말이다.

이런 건 영화에서나 봤는데. 그렇지 않은가. 재벌 3세들이 액상 대마를 가져오다가 공항에서 걸리기도 하지만, 그래도 비교적 우리나라는 마약 유통이 활발한 편이 아니지 않은가. 교차로에서 얼쩡거리는 남자에게 다가가면 코

카인 2그램쯤은 구할 수 있는 넷플릭스 속의 세계가 아니란 말이다. 대한민국은 마약 청정국이다. 그러고 보면 총 같은 것도 어지간해서는 보기 힘든데. 대한민국은 총기 청정국이라고들 했잖아. 그러니까 나란 인간은 남들보다 두 배는 재수가 없는 거다. 세상에서 손꼽힐 만큼 청정한 나라에서 총을 맞다니. 마약도 아닌 오레오에 뽕 가버리기나 하고. 사실 이 나라는 청정한 것에 청정한 나라인 게 아닐까. 아닌게 아니라 맞는 것처럼.

정신이 제대로 박혀 있다면 지금이라도 병원에 전화를 해야 했다. 담당의를 바꿔달라고 하고, 오레오를 먹으면 환각이 보인다고 말해야 했다. 눈앞의 방이 거꾸로 뒤집힌다고. 먼지가 날아다니다가 거울에 부딪치는 소리가 들린다고. 그 먼지가 아얏, 하며 성질을 부린다고. 그렇게 하지 않은 이유는…… 설명해서 무엇하겠는가. 나는 이미 쿠팡에 들어가 오레오 다섯 박스를 더 주문하고 있었다.

내가 퇴원하던 날 두 명이 더 죽었다. 모르고 있었는데, 병원에 있는 동안에도 세 명이 죽었다고 들었다. 그들 모두 각기 다른 장소에서 총을 쏘다가 죽었다. 한강 둔치의 후미진 벤치. 고등학교 운동장. 오피스텔 옥상. 죽은 이들은 아무도 겨냥하지 않았다고 한다. 하나같이 방아쇠를 당긴 자신의 총이 터져버려 죽었다. 사람들은 궁금해했다. 도대체 어디서 자꾸만 총이 나타나는 건지. 왜 총알이 앞을 향해 나가지 않는 건지. 터져버리는 총을 왜 자꾸만 쏘아대는 건지.

하지만 내게 중요한 건 오레오뿐이었다. 문제가 있다면 처음 느꼈던 그만큼의 흥분에 이르기가 쉽지 않다는 점이었다. 오레오를 씹어 먹거나, 단순히 많이 먹는 것만으로는 점점 효과가 떨어졌다. 오레오를 끓였다. 물 조절을 해가며 냄비에 들러붙지 않도록 계속 저어줬다. 도롱뇽의 눈알만 넣으면 꼬리 달린 악마가 튀어나올 것 같은 형상이었다. 죽이 된 오레오를 그릇에 옮겨 식히고, 흑임자 죽을 먹는 마음으로 한 숟가락 입에 넣었다. 바닐라 크림과 섞인 초콜릿 쿠키가 입안에서 폭죽처럼 터졌다. 발끝에서 머리까지 몸이 달아오르고 뺨이 뜨거워졌다. 그릇째 들고 오레오 죽을 벌컥벌컥 들이켰다. 침대까지 기어서 갔다. 갑자기 머리에서 나무가 솟아오르더니 천장을 뚫고 우주까지 뻗어나갔다. 그 위에서 보니 지구는 안타깝게도 둥근 행성이 맞았다. 지구평평론자들에게 심심한 애도를. 태

양계의 끝까지 날아가보자는 생각이 들었다. 슈퍼맨 자세를 취하니 자연스럽게 부력이 생겼다. 화성쯤까지 갔을 때 너무 추워서 돌아가야겠다고 생각했다. 눈을 번쩍 뜨니 침대 위였다. 오레오, 이거 정말 죽여주잖아.

다음으로 개발한 건 오레오 팩이었다. 꿀로 하고 싶었는데 집에 올리고당밖에 없었다. 찬장 맨 위 칸 깊숙이 마늘 절구가 있었다. 나는 대체 이 집에서 뭘 하고 살았길래 마늘 절구씩이나 갖고 있었던 걸까. 냄비는 두 개밖에 없으면서. 퇴원할 때 의사가 해줬던 말이 떠올랐다. 기억은 천천히 돌아올 거라고 했다. 영영 기억이 안 나는 부분이 있을지도 모른다고. 하지만 의사 너 말이야, 당신은, 오레오에 대해서는 전혀 몰랐던 거잖아. 멍청한 놈 같으니라고. 절구에 으깬 오레오에 올리고당을 섞어 끈적하게 만든 뒤 얼굴에 펴 발랐다. 크림과 쿠기가 섞인 오레오는 대체로 흑임자의 색이라고 보면 오해가 없을 듯했다. 왜요? 총 맞고 집에 왔는데 피부 관리라도 해야죠. 흑임자 팩 하는 사람 처음 봤어요? 혹시라도 누가 들이닥치면 그렇게 말할 생각이었다. 나를 담당하는 사회복지사가 문자를 보내왔다. 시간 날 때 한번 찾아오고 싶은데 언제가 좋은지 물었다. 답장하지 않았다. 왜냐하면 나는 지금 오 레 오랑 바 쁘 다 고.

　아무래도 팩의 효과는 그리 대단하지 않았다. 붕 떠 있
는 듯한 기분? 웨이퍼를 모아 가루로 만들고 햇반을 돌려
뿌려 먹었다. 이건 조금 트레디셔널한…… 시골 할머니들
양귀비 진액 말려놓은 것을 믹스커피에 타 마시는…… 그
런 느낌? 깨끗이 세수를 하고 나니 내 얼굴이 오레오 봉
지처럼 반짝거리는 듯했다. 크림을 모아 잇몸과 입술 사
이에 발라보았다. 점막이라 그런지 흡수가 빨랐다. 메이저
리그 야구 선수들이 입담배를 그렇게 사용하는 걸 본 기
억이 있었다. 그러고 보니 류현진은…… 토론토…… 추울
텐데 괜찮을까? 생각난 김에 류현진의 강속구가 되어보기
로 했다. 토론토 블루 제이스의 홈구장 로저스 센터로 갔
다. 류현진은 불펜 피칭을 하고 있었다. 내가 있는 곳은 류
현진의 머릿속이었다. 와인드업하는 전신의 근육이 팽팽
하게 당겨지는 게 느껴졌다. 그의 심정은 복잡했다. 피칭
에 전혀 집중하지 못하고 있었다.

　'더럽게 춥네. 스무 개 던졌는데도 몸이 안 풀려. 통일되
면 개마고원 가서도 던져야 하나. 선우 형은 쿠어스 파크
에서 어떻게 던진 거지.'

　나의 의식은 류현진에게서 야구공으로 옮겨갔다. 사람

이 아닌 사물에 접속하는 것도 가능했다. 등허리를 가로지르는 실밥이 곤두서는 게 느껴졌다. 나는 공이 되어 날아갔다. 야구는 잘 모르지만 괜찮은 직구였다. 포수의 미트에 빨려가는 순간 내 몸은 팡 소리를 냈고 정신이 번쩍 들었다. 공이었던 나는 방에 돌아왔다. 오레오와 함께라면 불가능한 일이 없었다.

생각해보니 이걸 빼놓을 수 없잖아. 나는 책상 서랍 깊은 곳에서 스테인리스 커터칼을 꺼냈다. 웨이퍼를 잘게 쪼개기 시작했다. 초등학교 시절 지우개 가루를 그렇게 곱게 빻던 게 떠올랐다. 이제 필요한 건 백 달러짜리 지폐인데. 통장에 돈은 충분하지만 이런 몰골로 환전하러 은행에 갈 수는 없었다. 거울을 보면 누가 봐도 거기에 있는 건 오수안이 아니라 미친 오수안이었다. 하는 수 없지. 지폐가 있나 지갑을 뒤져보았지만 카드가 전부였다. 집에 들어오기 전 병동에서 모은 성금을 흰 봉투로 전달받았다. 소매치기라도 당할까 봐 무서워서 집에 들어오기 전 통장에 입금했는데, 그게 이렇게 후회되는 일이 될 줄은 몰랐다. 현관문을 열고 밖으로 나갔다. 우편함을 뒤져보니 가스 요금 고지서가 보여서 얼른 챙겼다. 집에 뛰어들어가는데 주인집 아줌마와 마주쳤다. 밀린 월세 때문에 들들 볶이던 기억이 어렴풋이 떠올랐다.

"얘, 수안아."

아줌마는 거의 울 것 같은 표정으로 내 손을 잡았다.

"반찬은 있어? 괜찮아? 눈이 왜 이렇게 풀렸어. 술 마셨니?"

나는 아줌마의 손을 살며시 놓으며 최대한 슬픈 표정을 지어 보였다.

"걱정해주셔서 감사해요. 그냥…… 쉽지가 않네요."

주인아줌마의 걱정스러운 한숨 소리가 내 등에 와서 튕겨 나갔다. 방에 들어와 엎드린 채 낄낄대며 웃었다. 한 30분은 그렇게 웃은 것 같다. 그래도 웃음이 멈추지 않았다. 오레오는 정말 대단해. 오레오를 사랑해. 사랑해요 오레오. 오레오는 거꾸로 읽어도 오레오. 따로 모아놓은 바닐라 크림을 손등에 발랐다. 가스 지로 용지를 빨대처럼 말아 가루에 가져갔다. 코를 대고 흡! 점막에 닿는 순간 머리에서 폭탄이 터졌다. 나는 방바닥을 기어다니며 손등에 묻은 크림을 핥았다. 물이 차오른 방에서 헤엄치며 열대어 무리랑 놀았다.

이 모든 일을 하루에 다 한 건 아니었다. 보름이었다. 보

140

름 동안 그러고 나니 몸에 있는 기력이 전부 다 빠져나간 것 같았다. 침대에 누워 있는데 지하 세계로 녹아내려가는 기분이 들었다.

이러면 안 되는데.

그런 생각이 처음 들었다.

보름 동안 엄마도 많이 만났다. 엄마의 뺨에서 바닐라 크림 향이 났다.

아빠도 자꾸만 오는데 오지 말라고 했다. 아빠를 보면 화가 났다. 아빠는 시무룩한 표정으로 돌아갔다. 엄마 아빠가 죽을 때 아빠는 운전을 하고 있었다. 제사에서 음복을 하고 과속을 했다. 이건 진짜다. 소품용 아기였던 것도 진짜. 지난번에 사회복지사가 전화로 이야기해줬다. 나머지는 다 가짜다. 가짜였다. 그냥 오레오였다. 검은 쿠키와 하얀 크림이 만들어낸 환상. 정말일까? 내가 꾸던 꿈, 꿈이라고 확신할 수 없는 그곳에서 영영 깨어나지 않았다면 어땠을까. 그곳에서는 엄마가 매일같이 나를 찾아올 것이다. 김 반장의 얼굴을 한 아빠가 허리를 꼬집지 않고 내 휠체어를 밀어줄 것이다. 현행화되지 않은 어떤 다른 세계에서 내가 그들과 함께 있다면 오레오에 취하는 지금의 내 모습이 더 꿈같아 보이지 않았을까. 깨어나지 않는 편이 좋았을지도 모른다. 깨어나지 않고 깨어났다는 꿈을 꾸는 채로 나를 내버려두었다면, 그러다가 영영 깨어나지 못하고 그곳에 머물렀다면, 그것도 나쁘지 않았을 것 같다. 깨어났다는 꿈 말고 아예 다른 꿈이었다면 어땠을까. 처음 보는 장소에서 오수안이 아닌 채로 살아가는 그런 꿈이었다면? 그곳에서도 나는 총에 맞았을까? 누군가 총을 쏘다 죽고 총에 맞아 죽었을까?

장롱 깊숙이 숨겨두었던 담배를 꺼냈다. 끊으려고 그곳에 넣어둔 거였는데, 오레오를 하다가 떠올랐다. 이러다가 죽을 것 같았다. 오레오고 뭐고 전부 다 그만두고 싶어졌다. 장롱에서 꺼낸 담배에 불을 붙이려다가 문득 새로운 아이디어가 떠올랐다. 거꾸로 세워 잎을 전부 싱크대에 털어냈다. 거기에 마늘 절구로 갈아놓은 쿠키 가루를 채워 넣었다. 필터 주변에 크림을 발랐다. 분명히 조금 전까지만 해도 이러지 않았는데. 오레오고 뭐고 전부 다 그만하고 싶었는데.

그 래 도 오 레 오 는 죽 여 주 니 까.

불이 제대로 붙지 않았지만 깊이 들이마셨다. 설탕 타

는 냄새가 폐로 돌진했다. 머리가 핑 돌았다. 시야가 하얗게 변했다. 이건 또 새로운 느낌인데? 순식간에 모든 감각이 차단됐다. 아무것도 느껴지지 않았다. 맛도. 냄새도. 중력도. 빛이 없는데도 하얬다. 그래 맞아. 천국이 존재한다면 이런 곳일 거야. 아래위로 검은색 쿠키 지옥에 덮여 있는 하얀 크림 같은 곳. 아래로 당기는 힘이 없으니 뛰어올라도 멈추지 않았다. 하얀 하늘을 향해 날아가는데 하얀 땅이 멀어지지 않았다. 갑자기 비어 있던 기억이 차올랐다. 〈궁금한 이야기 Y〉가 내게 보여준 장면에서 내 시선이 닿은 곳. 총에 맞는 순간 내가 보고 있던 것이 무엇이었는지 알 것 같았다.

나는 총을 보고 있었다.

나를 쏘는 총이 아니었다. 내 시선이 닿는 곳에 총이 있었다. 형체가 없었지만 존재는 있었다. 감각할 수는 없지만 감정은 느껴졌다. 그때 내가 본 것은 그런 총이 아니라 총 그 자체였다. 그때 그것이 지금 내 앞에 다시 나타났다.

"너…… 총이구나."

총은 분명 내 말을 알아들은 것 같았지만 대답하지 않았다. 대답할 수 있는 능력이 없는 듯했다. 총에게서 쇠 냄새가 날 것 같았는데, 색깔도 냄새도 느껴지지 않았다. 만져보려고 손을 뻗었는데, 당황한 듯 자신의 몸, 그것을 몸이라고 할 수 있을까? 어쨌든 작은 공간을 차지하고 있던 자신의 범주에서 뒤로 살짝 물러났다. 총은 낯익은 여자와 나란히 서 있었다. 나보다 먼저 총에 맞은 사람. 내 머리를 향해 날아오던 총알의 속도를 늦춰준 사람. 죽은 사람.

"너 수안이구나."

"아줌마, 저 죽은 거예요?"

"아니. 그런 것 같지는 않은데."

"그럼, 아줌마. 안 죽은 거예요?"

"그런 것 같지도 않아."

"그럼 이게 다 뭐예요?"

"뭐긴. 네가 더 잘 알잖아."

"모르겠는데요. 정말 모르겠어요."

"모르긴 왜 몰라. 너는 오레오를 피운 거야."

양은아
너를 걱정하느라 하루가 다 간다

또 한 명이 죽었다. 어김없이 총이 터졌다. 속보가 날아들었다. 양은아의 심장이 덜컹 내려앉았다. 뒷좌석에 남은 김치는 서른 포기였다. 이면도로에 차를 세우고 다인에게 전화를 걸었다. '임다인 반드시'라고 찍힌 화면은 연결로 넘어갈 생각을 하지 않았다. 받아. 제발 받아.

"전화 왜. 나 바빠."

"너 아니지?"

"귀신이 전화받고 있겠니. 그리고 나는 총 안 만드는 거 알잖아."

양은아는 쉽게 안도할 수 없었다. 바쁘다는 말은 임다인이 여전히 청계천 공구 상가 어딘가에서 무언가를 만들고 있다는 이야기처럼 들렸다. 그게 총인지 아닌지 눈으로 확인하기 전까지 양은아는 안심할 수 없을 것 같았다. 양은아는 다인에게 여러 번 사정 아닌 사정을 했다. 이 모든 일이 지나갈 때까지만이라도 그곳에서 떨어져 있으라고. 하지만 다인은 남의 말을 들을 사람이 아니었다.

"그럴 거면 언니도 토요일마다 농협 서버 뒤지고 FBI 들어가서 51구역 자료 찾는 거 그만해. 그럼 나도 공구 상가 안 가고 학교만 다닐게."

"어떻게 그래. 이게 내 삶인데."

"잘 아네. 나도 똑같은 거야."

양은아는 고민지가 당장에 특수 부대 한 무리를 이끌고 청계천 공구 상가를 덮치지 않는 게 이해되지 않았다. 총 같은 건 세상에서 없어져야 하는 게 아닌가. 총알 한 발이 죽이는 건 한 사람이 아니다. 하나의 가정, 하나의 사회, 결국에는 사회 전체다. 사회복지사로 일하며 양은아는 온갖 이유로 무너진 가정을 목격했다. 어느 옛날 소설의 첫머리처럼 모든 가정은 각자의 이유로 불행하다지만, 모든 삶이 반드시 나락으로 떨어져야 하는 것은 아니었다. 불행의 이유를 하나 더 만들 필요는 없었다. 그래선 안 되는

거야. 총에 대한 임다인의 생각은 양은아와 크게 다르지
않았다.

"그래도 쟤들을 말릴 수는 없을 거야."

"왜?"

"이기고 싶으니까."

"누구를?"

"전부를. 기본적으로 미친 인간들이야. 나를 포함해서
전부 다. 나도 속상한데 어쩔 수가 없어. 말릴 수가 없으니
까 민지 언니한테 털어놓은 거지. 억지로라도 멈추게 하
려고. 사람들한테 그 얘기까지 다 했어. 국정원에 불었으
니까 감옥 가기 싫으면 그만두라고. 그랬더니 뭐라는 줄
알아? 총 제대로 쏘고 감옥 가면 시멘트 바닥에서 자도
누운 자리가 뜨끈할 것 같대. 그러니 내가 무슨 말을 더
하겠어."

　양은아는 트렁크와 뒷좌석을 가득 채운 김치 서른 포기
를 마저 처리해야 했다. 동사무소에서 가져다주는 김치
한 포기가 누군가에겐 갈비 한 짝 못지않게 귀했다. 양은
아는 자신이 하는 일에 책임감을 느꼈다. 누군가는 그 김
치를 안주 삼아 막걸리잔을 비운다고 해도 어쩔 수 없었
다. 세상 모든 이가 고마움을 아는 건 아니었다. 초코파이

하나라도 손에 쥐여주는 할머니가 있는가 하면, 김치찌개라도 끓이게 참치캔을 가져오라며 성내는 할아버지도 있었다. 사람의 목숨에는 경중이 있는가? 도덕 교과서에나 나올 법한 질문이었다. 한 가지만은 확실했다.

다인아, 너는 죽지 마라. 너는 살아야 해. 지금보다 더 행복하고 멋지게. 다인아. 총 근처에는 가지마. 총한테서 도망쳐.

양은아는 멈춰둔 차를 다시 움직였다. 동사무소에서 공용으로 쓰는 전기차가 전자레인지처럼 위잉 소리를 내며 바퀴를 굴렸다. 골목 사이사이 차가 들어갈 수 없는 곳에는 차에서 내려 김치가 담긴 통을 직접 가져다주었다. 일이 거의 끝날 때쯤 고민지에게 전화가 왔다.

"요즘 뭐 해."

"임다인 걱정."

"그건 나도 하는 거고. 너만의 특별하고 스페셜한 일과 같은 거 없어?"

"있지. 구경."

"오, 뭐 좋은 구경거리라도?"

"오레오에 미친 남자."

"재밌겠는데. 같이 보자. 오늘 10시. 장소는 항상 거기.

약속 없지? 없는 거 알아."

"반드시 가야 되는 거야?"

"응. 반드시."

　오수안의 담당 사회복지사가 양은아로 정해진 건 순전한 우연의 작용이었다. 관할 지역의 민원인 수요와 분담된 업무의 순서가 그렇게 만들었다. 아직까진 통화와 문자로 연락을 주고받은 게 전부였다. 오수안은 양은아에게 개인적인 부탁을 했다. 소품용 아기로 촬영장에 다닐 때 김 반장이라는 사람이 있었는지를 알아봐달라고 했다. 그건 꽤 난이도가 높은 요구 사항이었다. 보통의 사회복지사라면 글쎄요……라며 말꼬리를 흐리고 자기 업무 범위를 넘어선 일이라는 걸 넌지시 말했을 것이다. 하지만 양은아는 오수안의 부탁을 들어주기로 했다. 할 수 있는 일이기 때문이었다. 보육원 관계자의 기억을 바탕으로 보조 출연 관리 회사를 추적했다. 워낙에 옛날 일이라 회사 자체가 망한 곳이 많았고, 남아 있다고 해도 자료가 전산화돼 있지 않았다. 이것저것 물어볼 게 많았는데 오수안과 연락이 되지 않았다. 문자를 보내도 답장이 없고 전화도 받지 않았다.

양은아는 이왕 선의를 베푼 김에 한발 더 밀착한 서비스를 제공하기로 했다. 오수안의 컴퓨터를 해킹해 원격 접속 권한을 얻어냈다. 백그라운드에서 웹캠을 작동시키자 방이 훤히 들여다보였다. 오수안은 얼굴에 팩을 바르고 있었다. 그래. 적적할 텐데 피부 관리라도 꼼꼼히 하셔야지. 방은 거의 쓰레기통에 가까웠다. 아, 오수안 씨. 청소 좀 하고 삽시다. 근데 쟤…… 뭐 하는 거지? 오레오를 코로 마셔? 오레오를 냄비에 끓이네? 오레오를 밥에 비벼 먹어? 오수안의 눈이 뒤집히고 몸이 꼬였다. 뭐야 쟤…… 뽕쟁이였어? 그런데 대체 오레오는 왜 끓이는 거지? 요즘 뽕쟁이들은 〈집밥 백 선생〉 보면서 레시피 연구라도 하는 건가?

양은아의 관내에는 너덧 명의 알코올 중독자와 두어 명의 전직 뽕쟁이가 있었다. 중독자들은 그야말로 최악의 인간들이었다. 그들은 자신의 인생이 꼬일 대로 꼬여 막장에 이르렀다고 한탄하며 술을 퍼마셨다. 단돈 천 원이면 막걸리 한 병을 살 수 있었다. 하루 종일 술에 취해 일을 놓치고, 가족들과 싸우고, 할 수 있는 모든 방식으로 자신을 파괴했다. 결국에는 아무 데나 쓰러져 곤히 자고 일어나서 다시금 자기 신세를 한탄하며 막걸리를 사러 갔다. 오수안이 하는 짓을 보니 막걸리보다 훨씬 센 무언가에 집중하고 있는 듯 보였다. 양은아는 오수안의 잘못된 선택에 어디까지 개입해야 하는지 고민스러웠다. 총을 맞고 막 퇴원한 사람을 경찰서로 보내는 건 내키지 않았다. 양은아는 오수안에게 문자 하나를 넣었다.

　─내일쯤 집에 들러도 될까요?

　답장은 기대하지 않았다. 내비게이션을 켜고 등록 장소 목록에서 제일약국을 골랐다.

　반드시 멤버들이 약속 장소에 전부 모여 있었다. 고민지와 박창식에 임다인까지. 생각보다 쓸 만한 조합이었다. 고민지는 설계자였다. 무엇이 어디에 있는지 알아내고 계획을 짰다. 임다인은 못 다루는 기계가 없었다. 손이 빠르고 꼼꼼해 실수도 적었다. 박창식은…… 열심히 했다. 착했다. 회의하면 치킨이나 족발 같은 걸 주로 샀다. 반드시의 회의실은 제일약국 옆 지하 1층의 카페 자리였다. 박창식이 그곳에서 성공적인 투잡을 꿈꾸던 시절이 있었다. 낮에는 기사를 쓰고 밤에는 자기 가게에 취재원을 불러 술을 먹인다는 계획이었다. 하지만 대부분의 취재원들이 술값을 내지 않는 바람에 적자가 쌓이다가 문을 닫았다.

양은아는 임다인에게 눈인사를 건넸다. 낮의 통화가 마음에 걸려서였다. 다인은 은아의 걱정을 늘 대수롭지 않게 넘겼다. 서운하기보다는 얄미웠다. 양은아는 먼지가 풀풀 날리는 소파에 앉아 미지근한 맥주를 땄다. 고민지는 광고주 앞에 선 홍보대행사 대리 같은 포즈로 이번 계획의 구체적인 실행 계획을 브리핑하고 있었다.

"그러니까 우리의 목표는 여기…… 바로 이 집이야. 자금 흐름을 보면 여기 이 'ATC 컴퍼니'를 중심으로 돈이 모였다가 뿌려지는 형식이란 말이지. 자본금 5백만 원짜리 법인에 오고 가는 돈이 5억 달러 이상, 백여 개국 이상이 연관돼 있어. 여기서부터는 양은아 씨가……."

프로젝터에 연결된 노트북으로 양은아는 해외 은행의 전산망에 접속했다. 그와 같은 불순한 방문객을 가로막는 겹겹의 보안 장치를 동사무소 자동문처럼 속속들이 열어젖혔다. 옆에서 임다인이 입을 동그랗게 만들고 오, 하는 감탄사를 내뱉었다. 핵심적인 자료는 이미 고민지로부터 전달받았다. 양은아는 돈의 흐름을 나머지 멤버들에게 설명하기 위해 몇 개의 계좌를 열었다.

"봐. 이게 ATC 컴퍼니 명의로 된 계좌들이고. 이건 ATC의 차명으로 의심되는 계좌들이야. 여기서 ATC는 심장

역할을 하고 있어. 전신에 피가 흐르도록 자기 계좌로 돈을 모았다가 발끝까지 펌핑을 해주는 거지. 그런데 첫 총격 사건이 발생한 이후로 이 흐름이 바뀌기 시작했어. ATC가 펌핑을 안 해. 돈을 쌓아놓고 있어. 심장이 욕심이라도 부리는 것처럼 말이야."

고민지가 양은아의 설명을 이어받았다.

"그런고로…… 지금 ATC를 치면 선지가 가득 찬 싱싱한 염통을 얻을 수 있을 것이다, 이런 말인데. ATC는 24개의 법인이 등록돼 있는 종로의 한 셰어 오피스에 등기가 돼 있지만, 추적에 추적을 거듭한 끝에 주소 하나가 나왔지. 우리 ATC 컴퍼니의 사장님일지도 모르는 ATC님께서는 평창동에 살고 계신다 이 말이야. 로드뷰랑 위성사진을 모아봤어. 그야말로 대저택이야."

"부자구나."

박창식은 사진을 보고 입을 다물지 못했다.

"CCTV며 보안 장치가 수두룩 빽빽한 건 당연한 얘기고, 그렇지만 그까짓 거는 내가 일시 정지 해둘 수 있단 말이지. 여기 차고에 있는 후문에 기계식 자물쇠가 있어. 다인이가 문을 따고 들어가서 우리가 할 일을 하면 돼. 사설 경비 업체에서 10분마다 확인 신호를 받는데 그건 네트워크에 연결돼 있지 않아서 건드릴 수가 없어. 그러니까 10분이 지나면 세콤 아저씨들이 쳐들어올 거고, 그 시간을 3분으로 잡으면 우리한테 허락된 시간은 13분 정도야."

고민지가 양은아의 말꼬리를 낚아챘다.

"별 볼 일 없다 싶으면 그냥 나올 거야. 나는 바로 위에 보고 올릴 거고, 창식이는 간만에 특종 하나 쓰는 거지. 그렇게 되면 청계천 공구 상가 쪽은 난리가 날 테니까 다인이는 일단 튀어. 오키나와 가는 비행기표 끊어놨어. 여권은 물론 다른 사람 이름으로 준비해놨어."

"기사를 뭐라고 쓰냐…… 완전히 새로운 총풍이 왔다! 국제적 돈세탁의 온상을 파헤치다. 검은돈의 실체는 너무 복잡해서 봐도 잘 모르겠음! 평창동 저택에서 금괴 2조 원어치 발견. 반드시 이렇게 부자 되는가? 죽음의 격발을 멈춰라! 어떤 게 좋냐? 야마를 못 잡겠다."

"창식아. 너는 왜 기자 하냐?"

양은아가 한심하다는 듯 박창식에게 물었다.

"너는 사회복지사 왜 하는데?"

"나는 그래도 보람이란 게 있지. 정부망 들어가기도 쉽고. 월급 쥐꼬리만 해도 연금 따박따박 나올 거고."

"나도 비슷한 거야."

"도대체 어떤 부분이 비슷하다는 건데?"

"말로는 설명 못 해. 나도 보람 있고, 어디 들락거리기도 좋고, 하여튼 좋은 거 많아. 근데 뭐가 딱 좋은 거냐고 물어보면 말을 못 하겠어."

조용히 설명을 듣던 임다인이 손을 번쩍 들고 말했다.

"지금 내가 어떤 상황인지는 다들 아는 거지? 나 밀고자야. 이거 전부 다 내가 민지 언니한테 말해준 거잖아. 친구들은 감옥 보내고 오키나와로 튀라고? 나를 너무 질 나쁜 쥐새끼로 만드는 거 아니야?"

"그럼 어쩔 건데. 괜히 엮여서 조사받고 그런 거보다는 낫잖아. 그러다 꼬투리라도 하나 잡히면 너도 그냥 공범 취급 당하는 거야. 정리를 하려면 너는 그냥 멀찍이 떨어져 있는 게 제일 안전해."

고민지의 대답에는 일리가 있었다. 하지만 임다인의 표정은 여전히 어둡기만 했다.

"야, 다인아. 감옥 가고 싶어? 거기 진짜 춥대. 더울 때는 진짜 덥고. 골병 들어 나오는 데야."

"알아."

"네가 어떻게 알아. 가봤어?"

"언니네 아빠가 말해줬어. 더럽게 춥다고."

양은아의 부친 양성준의 이야기가 나오자 분위기가 어색해졌다. 양은아가 아버지를 마지막으로 본 건 10년 전이었다. 종종 임다인을 통해 안부를 건너 듣긴 했지만 궁금해한 적은 없었다. 없는 사람으로 생각하고 산 지 오래였다. 고민지가 화제를 돌리려는 듯 말을 꺼냈다.

"은아야, 아까 그 얘기는 뭐야? 구경하고 있다는 거."

"아, 그거. 머리에 총 맞은 애 알지? 총격 사건 생존자."

"그래. 걔 이름이 뭐더라…… 오스만? 뭐 그랬는데."

"오수안이야. 근데 걔가 좀 이상해. 무슨 약 같은 거 하는 거 같아. 밥도 안 먹고 오레오만 처먹는데…… 오레오를 끓여 먹고 몸에 바르고 코로 들이마시고 난리도 아니야. 보고 있으면 완전 소름 돋는다니까."

"야, 그거 기사 써도 되냐."

"되겠냐? 현직 사회복지사 정보통신망법 위반 혐의로 구속되는 거 보고 싶어?"

"한번 가봐. 뇌를 열었다 닫은 거잖아. 무슨 부작용이 있을지 어떻게 알아."

"안 그래도 그러려고. 근데 괜히 갔다가, 진짜로 무슨 마약이라도 하는 거면 어떡해."

"어떡하긴 뭘 어떡해. 못 하게 해야지."

"하여튼 애가 좀…… 불쌍해."

다인이 그 말을 듣고 인상을 구기며 말했다.

"언니, 다른 사람 함부로 불쌍하게 보지 마. 우리 아빠는 미국에서 혼자 죽고 내 친구들은 전부 청계천에서 총 만들어. 그런 식으로 따지면 나도 존나게 불쌍한 년이네?"

"워워. 싸우지들 말고. 남의 신성한 영업장에서 장사 망칠 일 있어요? 맥주나 한 병씩들 더 해."

박창식이 전원도 연결돼 있지 않은 냉장고에서 카프리 두 병을 꺼냈다.

"하여튼 나는 이번 건 고민이야. 내가 밀고자가 되기로 한 건 사람 죽어나가는 꼴 더 이상 보기 싫어서 그랬던 거라고. 동료들 전과자 만들려고 한 게 아니야."

"네 친구들은 지금 은팔찌가 문제가 아니야. 네 말대로 죽고 있잖아. 너한테 오히려 고마워해야 한다고."

"걔들은 적어도 자기가 하고 싶은 일 하다가 죽는 거야."

"그래서 누군가 멈춰줘야지. 죽는 것보다 감옥 가는 게 낫잖아."

"생각 좀 해볼게. 나 없어도 되잖아."

"문은 누가 따."

전기가 끊긴 지 오래된 지하실에서 소리를 내는 건 박창식이 가져온 가스램프뿐이었다. 고민지는 넋 나간 표정으로 불을 바라봤다. 눈을 감자 불의 잔상이 오랫동안 눈에 남았다. 박창식이 조곤조곤 이야기를 시작했다.

"자 자, 들어봐. 내가 우울할 때마다 생각하는 게 있어. 내가 이 가게 낸다고 했을 때 고민지가 뭐라고 했어? 말렸지? 자리도 안 좋고 안주도 거지 같고 사장이 직접 관리 못 하는 가게는 망할 수밖에 없다고. 그런데 나는 꼭 하고 싶었거든. 결국엔 은아랑 다인이도 여기서 만난 거고. 근데 내가 정말로 좋았던 건 따로 있어. 오아시스 내한했을 때 나 문화부에 있었잖아. 리암 갤러거가 여기 와서 놀았던 거 기억해? 나는 그거 하나면 된 거야. 아직도 우리 집에 그때 찍은 사진들 있다. 그 영국 놈이랑 어깨동무하고 찍은 사진은 액자에까지 넣어놨어. 나 만약에 돈 벌어서 기자고 뭐고 다 때려치우면 해외 나가서 살 거야. 외국 사람들 손금도 봐주고 사주도 봐주면서 노래는 대충 멜론 탑 100 같은 거 틀어놓고 술 팔 거야. 듣기 싫은 노래 잔뜩 나오면 손님도 잘 안 들어오고 얼마나 좋아. 나는 내가 만들 술집에 손님들 많은 거 싫어. 왜냐고? 사람이 싫거든. 돈이 많으면 자기 마음대로 살아도 되는 거야. 지금 이 상황에 맞는 얘긴지는 모르겠지만…… 사람은 그냥 자기 하고

158

싶은 거 하고 사는 게 제일 좋은 거야. 우리가 왜 불행하겠
어. 하고 싶은 건 따로 있는데 직업은 영 딴판이잖아. 그러
니까 우리는 반드시 돈을 많이 벌어야 하는 거야."

"근데 왜 여기는 정리 안 하고 그대로 두는 거야?"

임다인이 물었다.

"정리했지. 내 맘속에서는."

"매달 월세 나가잖아. 돈 아깝게."

"부동산에 내놓은 지 1년도 넘었는데 보러 오는 사람이
없어. 니네 말대로 위치가…… 누가 여기까지 와서……
지하에 있는 술집에 오려고 하겠어. 들어오려면 인테리어
도 싹 다 뜯어고쳐야 되는데."

"세상이 뭔가 잘못된 것 같아."

"잘못된 건 세상이 아니야. 세계야."

"그게 뭐가 다른데."

"……나도 잘 몰라. 근데 그럴싸하지?"

"……별로."

고민지가 들고 있던 카프리 맥주병을 테이블에 탕탕탕
쳤다. 판결을 내리는 법관처럼.

"세계를 위해 건배하자."

"나는 술 안 마시는데."

양은아가 입을 삐죽거렸다.

"세계는 건배 같은 거 하지 않는다. 그래도 고민지가 하자 그러니까⋯⋯."

박창식이 조용히 속삭였다.

"건배."

윤정아
그런 일은 결국 일어나고 말았다

자동차 바퀴 터지는 소리가 연달아 난 직후 정아는 서 있던 자리에 그대로 주저앉았다. 숨이 쉬어지지 않았고, 몸 어디에도 힘이 들어가지 않았다. 아주, 아주가 무사해야 하는데. 머릿속엔 온통 아주 생각뿐이었다. 맞은편에 서 있는 남자는 아주와 비슷한 또래로 보였다. 그의 손은 너덜너덜해졌고, 누군가 헤집어놓은 것처럼 배에서 내장이 흘러나왔다. 저이가 총을 쐈구나. 내가 총에 맞았구나. 정아는 그제야 상황을 파악할 수 있었다. 하지만 왜? 정아는 살면서 자신이 증오했던 사람들의 이름을 떠올려봤다. 자신을 증오했을 거라고 여겨지는 사람의 이름도 마찬가지였다. 그중에 누구도 총을 쏠 만큼 화가 난 사람은 없어 보였고, 총을 쏘다가 자신까지 다쳐버릴 만큼 멍청한 이도 없었다. 무엇보다 총이라는 게 낯설었다. 강남 한복판에서 총이라니.

그 남자에게 다가가려고 했다. 분수처럼 뿜어져 나오는 피를 막고, 동여매고, 구급차가 올 때까지 함께 있어줄 생각이었다. 하지만 몸이 말을 듣지 않았다. 정아는 자신의 앉은 자리 아래로 꽤 많은 양의 피가 아스팔트를 적시고 있는 것을 보았다. 두 사람의 운명에 별 차이가 없다는 것이 갑자기 실감됐다. 자신의 말이 맞았다는 걸 의사 선생에게 똑똑히 알려주고 싶었다. 우리는 모두 죽는다. 갑자기, 이유도 없이. 그는 자신의 몸에서 점점 멀어져가는 정신을 느꼈다. 누군가 은근하게 밀어내는 느낌이었다. 지하철의 무례한 탑승객이 엉덩이를 들이밀듯이, 천천히 옆자리로, 또 옆자리로, 그러다 낭떠러지로 떨어지는 것처럼.

그때 저쪽에서 무언가가 몸을 일으켰다. 총을 쏜 남자의 영혼이 벌떡 일어났다. 남자의 영혼은 그의 생전 모습과 똑같았다. 구부정한 허리에 음침한 얼굴, 집요함이 느껴지는 입술 같은 것을 갖고 있었다. 물을 탄 것처럼 그 모든 형상이 흐릿하긴 했지만 누가 봐도 그 영혼의 주인을 알아볼 수 있었다. 그는 하늘에 생긴 구멍으로 빨려들어갔다. 진공청소기 앞에 선 먼지 덩어리 같았다. 저래도 되는 걸까, 싶은 생각이 들 정도였다. 이곳에 그리도 미련이 없었던 걸까. 알 수 없는 그곳으로 빨리 가야 할 특별한 이유라도 있는 걸까. 그런데 몸을 움직인 것은 남자의 영혼만이 아니었다. 그 남자가 떠난 뒤에 무언가가 움직였다. 당황, 초조, 혼란스러움이 느껴졌다. 보이는 것은 없고 느껴지는 것뿐이었다. 남자가 누워 있는 자리를 뱅뱅 돌다가, 정아 쪽을 쳐다보는 것이 느껴졌다. 우물쭈물하고 있었다. 정아는 그것이 누구의 영혼인지 알 것 같았다. 정확히는 '무엇의' 영혼인지 말이다. 정아는 이제 자신의 몸과 완전히 분리됐다. 날아다닐 수 있을 것처럼 모든 감각이 가벼워진 것을 느꼈다. 그는 '무엇'을 향해 소리쳤다.

"너…… 총이지!"

총이라고 확신했다. 정아의 모든 감각이 그렇게 말하고 있었다. 그 소리를 들었을 때 '그것'도 놀라 달아나기 시작했다. 정아는 '그것'을 쫓아갔다. '그것'이 총의 영혼이라고 해도, 정아가 '그것'을 붙잡아 어떻게 할 수 있는 것은 없었다. 따질 것인가? 애원할 것인가? 이미 몸에서 떨어져 나간 이상 예전으로 돌아갈 수는 없을 것 같았다. 정아의 본능이 그렇게 말하고 있었다. 다만 이렇게라도 하지 않으면 정아를 쏜 그 남자처럼 어딘가로 빨려들어갈 것만 같았다. 정아에게 필요한 건 목적이었다. 이곳에 남아 있을 수 있는, 그래야만 하는 목적. 정아가 뒤를 쫓자 '그것'은 맹렬한 속도로 가로수를 지나 빌딩 사이를 통과해 갔다. '그것'은 투명한 물주머니 같았다. 이쪽에서 저쪽까지의 시야를 가리지는 않지만 굴절과 왜곡을 만들어내는 방식으로 자기 존재를 드러냈다. '그것'은 고개를 돌려 자신을 쫓아오는 정아를 확인하더니 땅속으로 흩어져버렸다. 정아는 그런 것을 할 수 없었다. '그것'은 '그것'의 상태로 이곳에 오래 머무른 것 같았다.

정아는 애초의 목적으로 돌아가기로 했다. 약속 장소에 아주가 도착해 있지 않기를, 피 흘리고 쓰러져 있는 제 엄마를 목격하지 않기를 바랐다. 행인들이 정아가 떠나온 몸 주변을 둘러싼 채 발을 동동 굴렀다. 아주는 다행히 지하철 출구를 벗어나지 않은 채 귀에 이어폰을 꽂고 있었다. 경찰차와 구급차가 요란한 사이렌의 앙상블을 울리며 다가왔다. 정아는 아주가 사이렌 소리를 듣고 뛰쳐나오지 않기를 바랐다. 급한 마음에 아주의 이어폰 음량을 최대로 키워버렸다. 깜짝 놀란 아주가 몸서리치며 무선 이어

164

폰을 귀에서 뺐다. 아주는 요란한 사이렌의 의미를 즉각
적으로 이해하지는 못했지만, 그것이 매우 불길한 징후라
는 것은 느낄 수 있었다. 이후의 일은 〈궁금한 이야기 Y〉
가 누구의 허락도 없이 시청자들에게 공개한 바 그대로이
다. 아주는 지하철 밖으로 뛰쳐나왔고, 엄마의 포르쉐 카
이엔 옆에 나란히 서 있는 차들을 봤다.

　아주가 홈스쿨링을 시작한 건 불쾌한 기억 때문이었지
만, 결과적으로는 좋은 선택이 됐다. 원하는 것을 원하는
만큼 배울 수 있고, 다른 아이들과 쓸데없는 감정싸움을
할 필요가 없었기 때문이다. 아주의 성취와 그에 따른 기
준은 무척 높은 편이었다. 그런 아주의 기대에 맞추느라
고생하는 건 새로운 과외 선생을 구해야 하는 이정의 몫
이었다. 아주는 원래 국제 영훈중에 진학할 생각이었다.
그랬다면 이정과는 만날 필요가 없었을지도 모른다. 아주
가 그곳에 가려고 했던 이유는 다른 데 있지 않았다. 갈
수 있는 학교 중에서 최고였기 때문이다. 교육 수준도 최
고, 학생들의 수준도 최고, 등록금도 최고였다. 아주는 그
때 어렸지만, 그보다 더 어릴 때부터 자신이 최고임이 증
명될 때마다 쏟아지는 찬사에 취해 있었다. 고등학교는

그나마 선택지가 다양했다. 이과라면 과학고가 있고 문과에는 외고가 있었다. 하지만 중학교의 경우에는 영훈중이 그나마 아주가 고를 수 있는 유일한 방안이었다. 내신 성적과 면접으로 3배수를 뽑고 무작위 추첨을 통해 입학을 결정하는 방식이었다. 공을 뽑아서 흰 공이 나오면 탈락, 파란 공이 나오면 합격이었다.

정아는 아직도 그날 입은 아주의 노란색 리라초 교복이 선명하게 떠올랐다. 아주의 추첨은 비교적 앞쪽 순번이었다. 아이는 긴장하는 법도 모르는 것 같았다. 떨기는커녕 합격을 확신하고 있었고, 축하 선물로 무엇을 받을지 목록을 작성하느라 머리를 싸매고 있었다. 아주의 이름이 불렸고, 앞으로 나간 아주는 망설임 없이 공을 뽑았다. 파란 공이었다. 크게 기뻐하는 기색도 없이 당연하다는 듯 단상에서 내려왔다. 한 엄마가 장하다는 듯 아주의 머리를 쓰다듬으며 말했다.

"어머, 너 리라초 다니는구나! 파란 공 뽑아서 좋겠다. 아들아, 너도 이 친구 좀 만져봐. 좋은 기운 받아서 파란 공 한번 뽑아보자."

그 한마디가 시작이었다. 아주가 자리에 앉자 앞자리, 뒷자리, 옆자리의 학부모들이 아주를 만지기 시작했다. 어머, 축하한다, 우리 애도 기 좀 받자. 손, 손 줘봐. 손을 이렇게 맞잡아. 비벼. 머리 갖다 대. 볼을 부벼. 어머, 고마워요. 파이팅.

정아가 아주를 향해 뻗어오는 손을 쳐내며 화를 냈다. 지금 뭐 하는 거냐고, 부끄러운 짓 하지 말고 당장 저리 가라고. 그중 한 엄마가 눈을 동그랗게 뜨고 정아를 노려보며 말했다.

"뭐래. 사람 무안하게. 미안하게 됐네요."

일말의 미안함도 느껴지지 않는 말투였다. 수십 명의 손 수십 개가 이미 아주의 몸을 훑고 지나간 뒤였다. 아주의 입술은 해수욕장에서 뛰어놀다 그늘에 와 몸을 웅크리고 덜덜 떨고 있을 때처럼 새파랗게 변해 있었다. 아이는 추첨이 모두 끝날 때까지 입을 열지 않았다. 합격한 아이들이 기쁨에 겨워 소리를 지르고, 탈락한 아이들이 훌쩍거리는 것을 보면서도 표정 하나 변하지 않았다. 집에 돌아간 뒤에도 마찬가지였다. 아주는 자기 몸을 훑고 지나간 손들을 떠올릴 때마다 구역질이 난다고 했다. 인간이란 존재가 경멸스럽다고 했다.

인간이란

존재가

경멸스럽다.

이제 갓 중학생이 될 아이의 입에서 나오기에는 꽤 무거운 문장이었다. 아주의 몸에 무례한 손들이 허락도 없이 다녀갔고, 아이는 평생 느껴보지 못한 수치심에 괴로워했다. 애초에 아주는 다른 아이들과 비교할 수 없을 만큼 영민했다. 부모라면 으레 갖는 팔불출의 심정이 아니었다. 내심 정아는 아주가 국제중을 가지 않았으면 했다. 아이를 내몰아 경주마처럼 달리게 하고 싶지 않았다. 검정고시를 준비하면 오히려 남들보다 일찍 정규 과정을 끝내고 대학에 갈 수도 있었다. 한국에 있는 어떤 대학의 교육 과정도 아주에게 만족을 주지 못할 것이었다. 아주와 다른 아이들의 차이는 파란 공과 하얀 공 사이보다 훨씬 멀었다. 하지만 이제, 아주와 정아 사이의 거리는 그와는 비교도 할 수 없이 멀어졌다. 공이 있음과 없음의 차이만큼.

정아는 하루 종일 깨어 있을 수 있었다. 죽은 사람에게는 잠이 필요하지 않았다. 그는 스물네 시간 내내 자신을 볼 수 없는 아주 곁에 머물렀다. 이정이 아주를 포기하지 않아줘서 고마웠다. 아무것도 먹지 않아 종잇장처럼 말라가는 아주는 골똘히 생각에 잠겨 있었다. 이불이 너무 무거워 덮지 못한 채 이불 밖에서 벽에 그려진 한 점을 응시

했다. 정아는 느낄 수 있었다. 아주는 생각하고 있었다. 엄마가 죽은 이유를, 자신이 아무것도 삼키지 못하고 있는 이유를. 정아는 잠든 아주의 꿈속에 들어가보았다. 아주의 머릿속에는 사이렌 소리가 가득했다. 소리를 제외한 것은 모두 흘러내렸다. 정아는 아주에게 무슨 말이라도 걸어보고 싶었다. 소리를 지르고 발을 굴렀다. 하지만 아주에게는 아무것도 닿지 않았다. 방에서 나오지 않는 남편이 한심하고 원망스러웠다. 그는 죽지 않을 만큼 먹으며 버텼다. 아주를 생각한다면 남편은 털고 일어나 움직여야 했다. 그는 컴퓨터 앞에서 벗어나지 않았다. 알 수 없는 물건들을 시키고, 서재를 가득 채운 기계가 쉼 없이 웅웅거리는 소리를 냈다. 이정이 아주가 그린 로스트 치킨의 그림을 받고 부엌에서 끙끙대는 동안 정아는 할 수 있는 게 없어서 괴로웠다. 정아는 그 요리를 잘 알았다. 아주가 가장 좋아하던 메뉴였다. 아주는 침대 위에서 이정이 구워 온 로스트 치킨을 받았다. 접시 위에 놓인 닭다리는 정아가 보기에도 먹음직스러웠다. 하지만 아주는 먹지 않았다.

"달라요. 내가 그린 그림하고 다르잖아요. 못 먹겠어요. 미안해요, 아저씨."

아주는 수액이 꽂힌 팔을 허리에 얹고 돌아누웠다. 그

때 창문을 통해 '그것'이 들어오는 게 느껴졌다. '그것'에는 눈이 없었지만 아주와 정아를 번갈아 쳐다보는 것이 느껴졌다. 미안함, 안쓰러움, 괴로움 같은 감정이었다. 정아는 '그것'을 향해 악다구니를 했다.

"너 때문이잖아. 네가 이렇게 만들었어. 책임지라고. 내 아들 죽으면 너는 무사할 것 같아? 지옥 끝까지라도 쫓아갈 거야."

'그것'은 긍정도 부정도 하지 않았다. 방을 떠나려다가 멈칫거리는 게 느껴졌다. 정아는 '그것'이 자신을 부르는 것이 아닌가 생각됐다. '그것'을 따라 창문을 넘어 집을 나왔다. '그것'은 속도를 내기 시작했다. 일순간 지상의 건물들이 성냥갑처럼 작아지고 정아는 '그것'을 따라 하늘을 날고 있었다. 얼마 지나지 않아 '그것'이 멈춰 섰다. 정아는 '그것'을 따라 회벽의 낡은 건물로 빨려들어갔다. 처음 보는 사람들이 모여 있었다. 그곳은 청계 공구 상가 양 사장의 공업사였다.

*

"이제 그만해야 돼."

침묵을 깬 건 양 사장이었다.

"더 이상 사람이 죽어서는 안 된다. 너희들 모두 내 자식이나 마찬가지야. 이 짓거리를 시작한 놈이 누군지 증오스럽다. 처음부터 그놈이 바란 건 이런 것이었는지도 몰라. 쇳덩어리로 만들 수 있는 게 얼마나 많은데 왜 하필 총이냐. 내 꼴을 보고도 배운 게 없는 거냐. 지금은 한 명씩 죽어나가지만, 제대로 된 총을 만들고 나면 수십, 수백 명이 죽을지도 모르는 거 아니냐."

"터지는 이유를 모르겠어요."

안혜경이 말했다.

"도면대로 정확히 만들었단 말이에요. 0.1밀리미터의 오차도 없어요. 처음 몇 번은 그럴 수 있었다고 생각해요. 걔들은 완성되지도 않은 총을 무리하게 쏜 거니까요."

"이건 어떨까? 무선으로 방아쇠를 당길 수 있게 장치를 따로 만드는 거야. 제대로 된 총이라면 연발이 될 거고, 아니면 터지겠지. 우리는 멀리서 버튼만 누르면 되니까 아무도 죽지 않을 거고."

안혜경의 후배가 말했다. 새로운 아이디어였다. 몇이 고개를 끄덕였다.

"그래. 그렇게 하면 한 명은 덜 죽을 수도 있겠지. 하지만 그렇게 완성된 총은 이제 어떻게 할 건데? 부술 거냐? 녹여버릴 거야? 총 한 자루는 없앨 수 있다고 치자. 완성된 기술로 총을 계속 만들어내는 사람이 이 중에 한 명도 없을까? 돈 받고도 안 만들 자신 있는 사람 있나? 나는 자신 없다. 평생을 그렇게 살았다. 입금만 되면 해달라는 것들을 해줬어. 그러다 감옥에 갔다 왔고, 딸은 나한테 몇 년째 전화 한 번 하지 않는다. 다들 나처럼 외롭게 죽고 싶은 거냐?"

"아저씨 말대로……."

누군가 양성준의 말을 받았다.

"아저씨는 평생을 그렇게 산 거잖아요. 그런데 왜 우리한테는 아무것도 하지 말라고 해요? 여기 있는 사람들도 아저씨만큼 다들 미친 거 알면서 왜 그래요."

"맞아요. 그것도 맞고, 돈도 이미 받았잖아. 도면 받고 만들기 시작한 날부터 입금됐어요. 지금 여기서 그 돈 안 쓴 사람 한 명도 없잖아. 아저씨 말대로라면 우리는 이거 끝까지 가야 돼. 돈 받았으면 만들어야지. 그게 업자의 양심이지."

그렇게 말하는 안혜경의 물결무늬 두건에는 땀이 마르며 드러난 소금기가 내려앉아 있었다. 서 있는 곳이 빵 가게였다면 쇳덩이 대신 스펀지케이크를 들고 있어도 어울릴 것 같았다. 하지만 거칠고 투박한 손은 양 사장 못지않게 컸다. 가만히 듣고 있던 누군가가 말했다.

"근데 좀 무섭지 않냐. 우리인 줄 어떻게 알고 돈을 넣는 거야?"

"우리가 답장을 했잖아."

"그니까. 어떻게 메일도 딱 우리 같은 애들한테만 보내고. 하겠다고 답장만 보냈는데 몇 분 만에 케이맨 군도에 계좌가 만들어져 있고. 액수도 후덜덜 하잖아. 대체 누구지."

"그러니까 우린 이미 다 노출돼 있는 거다 이거야. 임다인이 경찰에 꼬발랐다며. 국정원이라고 했나? 지금 멈춘다고 명단이 사라질 것도 아니고. 경찰서 문지방 밟기 전까지는 못 먹어도 고 아니야? 잘만 해서 완성시키면 보너스로 비트코인도 먹는 거고. 나는 그만 못 해. 사장님, 저는 그냥 고예요. 먹어도 고, 못 먹어도 고."

"저도요. 무선 격발 좋다. 그거면 죽을 염려는 없잖아. 나 삼대독자야. 나 죽으면 우리 부모 오열하면서 곡기 끊는다고. 죽을 생각은 없다."

그곳에 있던 사람들의 핸드폰이 일제히 울렸다. 의아해하며 화면을 연 사람들의 안색이 하나같이 어두워졌다.

"너희들 다…… 같은 메시지 받은 거지?"

"그래. 직접 쏘세요. NO REMOTE CONTROL."

"야, 이건 무서운 정도가 아닌데. 여기도 지금 다 도청되고 있는 거 아냐?"

"어쩌면 이게 당연해. 이 정도는 돼야 비트코인 천 개를 주지."

그런 메시지를 받고도 기가 죽은 사람은 한 명도 없었다. 양 사장은 두 손에 얼굴을 파묻었다. 요즘 젊은것들은 도무지 말을 들어 처먹을 생각을 하지 않았다. 우리 때는 안 그랬는데…… 기술 하나 배우려고 몇 달 동안 선반을 닦고 조이고 바닥을 쓸었는데…… 양 사장이 두 손으로 소리 나게 무릎을 치더니 벌떡 일어났다.

"니들이 나를 뭐라고 생각할지는 모르겠지만…… 선배로서 해줄 수 있는 말은 딱 하나다. 다인이가 옳아. 자수해. 뭔 죄로 잡아가든 잡아가라고 하고 감옥으로 가라. 지금으로써는 거기가 제일 안전할 거다. 감옥 안에 있는 사람을 어떻게 하기야 하겠냐. 가서 자동차 정비나 배우다 나와. 가면 니들이 에이스여. 안 그러면 니들은 이걸 계속 할 거고, 무선 격발이고 뭐고 간에 한 명씩 죽어나갈 거야. 내가 할 말은 여기까지. 끝."

"저는 계속 갑니다. 못 먹어도 고. 끝."

여기저기서 끝, 끝, 거리며 회의 아닌 회의가 끝났다. 양 사장의 끝과 같은 끝은 없는 것 같았다. 안혜경은 습관처럼 두건을 고쳐 맸다. 그의 머릿속에 게임을 끝낼 다른 방법은 아예 없는 듯 보였다. 총을 쏘는 것. 그리고 이기는 것. 그곳에 있는 모든 이들이 경쟁자일 뿐이었다.

*

"이걸 나한테 보여주는 이유가 뭔데?"

정아는 '그것'에게 물었다.

"나보고 어떻게 하라고. 쟤들 말려달라고? 내가 어떻게? 나 너 땜에 총 맞아서 이렇게 죽었잖아. 차라리 경찰서에 찾아가든가."

'그것'에서 처음으로 웃음이 느껴졌다. '그것'도 정아도 경찰을 찾아갈 수는 없었다. 그러려면 R.I.P.D. 같은 거라도 있어야 하는데, 그건 정말 영화니까 가능한 이야기였다. 〈R.I.P.D.: 알.아이.피.디.〉는 죽은 경찰들이 R.I.P.D.라는 기관에 소속돼서 말썽을 일으키는 귀신을 잡는다는 줄거리의 영화였다. 정아는 남편과 그 영화를 영화관에서 봤다.

너무 재미가 없었기 때문에 누가 영화를 골랐는지를 두고 말다툼을 벌였다. 일단 〈고스트 버스터즈〉가 있기 때문에 참신함의 측면에서 꽝이었고, 뻔한 전개에 매력이라고는 찾아볼 수 없는 영화였다. 정말 재미없는 영화를 볼 때면 영화를 보다 말고 스크린을 보게 된다. 왼쪽 구석이라든가 오른쪽 구석을 보면서…… 저건…… 벽인가? 천인가? 이따가 영화 끝나고 가서 만져볼까? 같은 생각을 하게 된다. 정아는 그런 생각이 들게 하는 재미없는 영화를 많이 봤지만 실제로 스크린의 재질을 만져서 확인해본 적은 없었다.

정아는 기왕에 이렇게 된 김에 영화관 스크린을 만져보고 싶다는 생각이 들었다. 지금은 어디든 날아갈 수 있고, 돈을 내지 않아도 벽을 통과해 공짜로 영화를 볼 수 있으니까. 최근에 개봉한 영화 중에 볼만한 게 뭐가 있는지 떠올렸다. 가까운 영화관이 어디였더라. 카카오맵을 열 수 없으니까 하늘 높이 올라가 CGV 간판을 찾아보기로 했다. '그것'이 정아를 쫓아왔다. 땅으로 내려오라고 끌어당기는 것 같았다.

"나 좀 가만히 냅둬. 어차피 나 49일 채우면 여기 떠나는 거 아니야? 며칠 남지도 않았어."

멀리서 강한 빛이 하늘을 향해 비치는 게 보였다. 저기가 CGV란 얘긴가? '그것'이 빛 쪽으로 정아를 잡아끌었다. CGV는 아닌 것 같았다.

"저게 뭔데?"

'그것'은 칭얼대는 아이처럼 정아에게 매달렸다. 정아는 '그것'이 자기를 죽인 주제에 귀여운 척을 하는 것 같아 짜증이 났다. 정아의 몸은 '그것'의 이끌림에 따라 빛이 나는 쪽으로 날아갔다. 하늘에서 보니 서울은 기억보다 훨씬 못생긴 도시였다. 얼마 전까지만 해도 이곳에는 윤정아의 생활이 있었다. 교통 체증을 겪지 않아도 되는 게 장점 아닌 장점이었다. 중랑천을 지나는데 '그것'과 정아가 물빛에 반사됐다. '그것'은 빛을 내뿜는 어린아이만 한 구체처럼 보였다. 도착한 곳은 오수안의 집이었다. 직접 보지는 않았지만 오수안의 지난 얼마간의 생활이 눈앞에 스쳐지나갔다. 마치 오수안을 다룬 영화를 보는 것 같았다. 총을 맞은 오수안, 병원에 누워 손가락을 까딱거리는 오수안, 오레오를 부수는 오수안, 오레오를 얼굴에 바르는 오수안, 오레오를 끓여 먹는 오수안…… 이제 오수안은 오레오를 채워 넣은 담배에 불을 붙이고 있었다. 정아와 오수안 사이에 얇은 막이 있는 게 느껴졌다. '그것'은 정아와 함께 막 안쪽에 있었다. 불붙인 오레오를 들이마시자 오수안의 몸이 파장을 일으키듯 흔들리는 게 보였다. 오수안은 천천히 자기 몸에서 분리돼 공중으로 떠올랐다. 정아가 있는 막 안쪽으로 들어왔다. 정아가 먼저 말을 걸었다.

"오수안, 반갑다."

"저…… 죽은 거예요?"

"아니."

"아줌마…… 안 죽은 거예요?"

"아니."

"그럼 이게 다 뭐예요? 총은 왜 데리고 왔어요?"

"뭐긴. 오레오를 피운 거지. 왜 그렇게 된 거냐고는 묻지 마. 나도 아는 게 없으니까."

도둑들
동물농장

양은아가 보안시스템을 정지시켰다. 임다인이 차고 옆쪽문의 기계식 자물쇠를 땄다. 영화에서처럼 머리에 꽂혀 있던 핀을 빼서 열쇠 구멍을 쑤셨다. 정확히 8초가 걸렸다. 이 집에는 개가 있다. 반드시는 강형욱을 섭외해야 했을까? 박창식이 오늘의 강형욱이었다. 황태포. 오리 육포. 동결 건조 연어 큐브. 참치포. 박창식이 인터넷에서 종류별로 산 간식을 마구 뿌려댔다. 덩치가 커다란 골든 리트리버가 침을 흘리며 달려왔다. 애초에 짖을 생각이 없었던 것 같았다. 정문으로 가도 되지만, 도둑이니까, 후문으로 갔다. 부엌과 뒷마당을 연결하는 후문에는 전자식 비밀번호 자물쇠가 설치돼 있었다.

"다인아, 이건 어떻게 열어?"

"못 열지. 내가 열 수 있는 건 자물쇠밖에 없어. 빠루라도 갖고 올 걸 그랬다."

"창문을 깨는 게 낫지 않을까?"

"그건 너무 짜치잖아."

"우리는 애초부터 오션스 이런 거 아니야."

뒷문 옆 부엌에 누군가 요리를 하고 있었다. 박창식이 기지를 발휘했다. 주먹을 달걀처럼 쥐고 문을 두드렸다. 똑똑 또독 똑.

"뭐 하는 거야, 미친놈아."

"기다려봐. 열 수밖에 없을 거야. 이런 노크를 하면 아는 사람이 온 거 같아서 열어볼 수밖에 없다니까."

박창식의 기지는 늘 이 정도에 불과해서 다른 사람들을 짜증 나게 했다. 부엌에 있던 남자가 고개를 갸웃했다. 이정이었다. 박창식이 한 번 더 노크를 했다.

똑똑 또독 똑.

이정은 올 사람이 없는 걸 알면서도 궁금해졌다. 그런 노크는 어쩐지 아는 사람이 아니면 하지 않을 것 같아서였다. 밖을 살피기 위해 문을 살짝 여는 순간 왈칵, 반드

180

시들이 들이닥쳤다. 깜짝 놀란 이정이 왁! 소리를 질렀다. 고양이, 백곰, 뱀, 판다가 눈을 동그랗게 뜨고 이정 앞에 서 있었다. 임다인이 직접 사람들의 얼굴에 물감을 바르고 수염을 붙였다. 프라모델의 색을 칠하는 것보다 특별히 어려울 것도 없었다. 복면 대신 분장을 하자는 건 박창식의 제안이었다.

"복면 쓰면 왠지 나쁜 짓 하는 것 같잖아."

"그렇다고 좋은 짓은 아니잖아? 삥 뜯으러 가는 건데."

말은 그렇게 하면서도 고양이 분장에 누구보다 만족한 건 고민지였다. 원래는 버섯으로 하고 싶었지만 버섯 분장은 모자를 써야 한다고 해서 포기했다. 고민지 고양이가 손가락을 입에 대고 쉿! 했다. 이정은 자기도 모르게 고민지를 따라 손가락을 입에 가져다 댔다. 쉿!

"안녕하세요. 저희는 도둑입니다."

"왁!"

"쉿!"

"……쉿."

"여기서 일하는 분이신가요?"

"……네."

"얼마 전 이 집 사모님께 일어난 일에 대해 잘 알고 있습니다. 삼가 고인의 명복을 빕니다. 다름이 아니고, 사장님께 볼일이 있습니다. 저희한테 주실 게 있을 것 같아서요. 저희가 도둑이긴 하지만 사람은 절대로 해치지 않습니다. 그러니까 그 점은 걱정하지 마시고, 서재가 어딘지만 알려주실 수 있을까요?"

이정은 이 상황이 황당하면서도 반가웠다. 사모가 죽은 이후로 누군가 사장을 찾아온 건 처음이었다. 차라리 이 사람들이 사장의 정신을 차리게 해주면 좋겠다는 생각이 들었다.

"누굴 해치거나 하지는 않는다는 거, 정말이지요?"

"네. 정말입니다."

"절대로? 반드시?"

"아, 어떻게 아셨지."

"멍청아, 그 반드시가 아니라."

"네. 반드시 해치지 않습니다. 저희는 그런 도둑이 아닙니다."

백곰으로 분장한 양은아가 한마디 덧붙였다.

"실례가 안 된다면, 여기 보안시스템 좀 복구시켜주시겠어요? 안 그러면 10분 있다가 세콤 아저씨들이 오거든요."

이정이 걱정하지 말라는 듯 고개를 끄덕였다.

서재의 문을 여는 건 역시나 임다인의 몫이었다. 뱀 분장을 한 다인이 머리에서 다시 핀을 빼는데 문이 열렸다. 덥수룩한 수염이 가슴까지 내려온 사장이 반드시를 맞이했다.

"오늘쯤 올 거라고 하더군요."

"누가요?"

"알렉스요. 아시는 분 있죠? 준비를 많이들 하고 오셨네…… 거기 고양이 쪽이…… 고 선생?"

"야, 정보 보안이 왜 이 모양이야."

판다 박창식이 고민지를 나무랐다. 고민지 고양이가 머리를 쓸어 올리며 멋쩍게 웃었다.

"미안. 뭐라 할 말이 없네. CIA를 믿은 내가 순진했지."

서재는 컴퓨터로 가득했다. 3D 스캐너와 프린터, 뜯지 않은 상자도 한구석에 잔뜩 있었다. 갈기 같은 수염이 덥수룩한 사장은 사자 같았다. 사자와 판다와 고양이와 뱀과 백곰. 어색한 기류가 흐른다는 건 이럴 때 쓰는 표현인 것 같았다. 정말로 문 쪽에서 어떤 기류가 흘렀다. 창문이 열려 있었다. 적막을 깨는 사장의 목소리.

"좀 춥죠? 문을 열어놓지 않으면 냄새가 빠지질 않아요.

3D 프린터 이거, 냄새가 아주 고약해요."

"총 만들고 계셨어요?"

임다인(뱀)은 선반 위에 놓인 플라스틱 조각들을 이리저리 살폈다.

"맞습니다. 그런데 도면대로 만들어도 총이 되지 않더군요."

"탄소섬유로는 아직 제대로 된 총을 만들 수 없어요. 기껏해야 단발 리볼버 정도겠죠."

"총에 대해 잘 압니까? 당신도 그 게임에 참여하고 있습니까? 그 돈을 당신 친구들한테 입금하는 게 내가 가진 법인입니다."

사장(사자)의 질문에 임다인은 잠시 멈칫했다. 질문에 대한 대답은 고민지(고양이)가 대신했다.

"네. 알고 왔습니다. 그 돈 좀 나눠 가지려고요."

"저도 요즘 비슷한 걸 시도하고 있습니다. 그 돈 아무도 못 가져가게 하려고요. 보고 계신 모습이 저 나름대로 노력한 흔적입니다. 그런데 아무리 계좌를 막고, 법인을 닫아도 어디선가 또 돈이 생겨서 흘러 다녀요. 두더지 잡기 게임을 하는 것 같아요. 여러분은 망치에 얻어맞는 두더지가 불쌍한가요? 저는 정말 저주스럽습니다. 걔들 머리는 단단해요. 어차피 안 깨진단 말입니다. 아얏, 소리를 내고 잠시 숨어 있으면 짠 하고 다시 나타나잖아요. 부탁합니다. 할 수 있다면 여러분이 해주세요. 죽음의 게임을 멈추게 도와주십시오. 내 아내의 목숨을 앗아간 그 게임 말입니다."

"여기 백곰이 컴퓨터를 좀 하는데…… 들여다봐도 될까요?"

고민지(고양이)가 정중하게 물었다.

"잘하시나요?"

사장이 걱정스러운 말투로 되물었다.

"네. 뭐 어지간히 합니다. 롤 티어로 따지면 챌린저급이라고 보시면 됩니다."

"롤 안 해요."

사장(사자)의 차가운 대답에 고민지(고양이)가 머쓱한 표정을 지었다. 드디어 양은아(백곰)가 컴퓨터 앞에 앉았다. 까만 창을 띄우더니 키보드를 한참 두들겨댔다. 박창식(판다)은 한컴과 인터넷 말고는 컴퓨터에 대해 아는 게 없었다. 대학 시절 컴활 자격증을 따느라 엑셀도 조금 했는데 이제는 단축키를 전부 잊어버렸다. 해커들도 편리하게 해킹할 수 있도록 한컴 같은 프로그램을 만들면 좋지 않을까? 왜 해커들은 항상 저렇게 검은 창을 띄워놓고 알 수 없는 언어를 두드려가며 일해야 하는 걸까. 박창식(판다)은 자신이 해커가 아니라는 사실에 안도했다. 그건 너무 어려운 직업이다. 그에 비하면 기자는 놀면서 월급 받는 거나 마찬가지다.

15분 정도가 지났을 때, 양은아(백곰)가 기지개를 켜며 앉아 있던 자리에서 일어났다.

"이건 내가 못 해. 아무도 못 할 거 같은데. 누가 여기 오자고 한 거야?"

"못 하겠어? 저기 저렇게 돈이 돌아다니고 있는데. 그거 조금 가져오는 게 그렇게 어려워?"

"진짜 못 해. 절대로. 차라리 2004년으로 돌아가서 내가 페이스북 만드는 게 쉽겠다."

"진심? 시간 여행보다 어렵다고?"

"시간 여행은 빼고……. 이 알고리즘, 사람이 풀 수 있는 게 아니야. 어디 양자 컴퓨터라도 가서 훔쳐 오면 모를까 나 혼자서 이거 못 풀어."

팔짱을 끼고 있던 사자(사장)가 조심스럽게 물었다.

"저기요…… 도둑들이라고 하셨잖아요."

"네. 저희는 팀명도 있어요. 알려드릴 수는 없지만."

박창식(판다)이 자랑스럽게 대답했다.

"이제까지 뭘 훔쳐보셨죠?"

"음…… 아직까진 없어요. 이번이 처음입니다."

똑똑 또독 똑. 이런 노크를 할 사람은 한 명뿐이었다. 이정이 빼꼼히 얼굴을 들이밀었다.

"뭐 마실 거라도 드릴까요? 먹을 것도 있어요. 오븐에 구운 치킨이 있거든요."

"굽네예요?"

임다인(뱀)의 눈이 동그래졌다.

"아뇨. 그냥 제가 만든…… 홈 메이드 로스트 치킨이에요."

*

"우리 집에 도둑이 들었어."

정아의 뒷덜미에 소름이 돋았다. 귀신도 소름이 돋는다니. 귀신이 되기 전에는 생각지도 못한 사실이었다. 아주 근처에서 일어나는 일은 보지 않아도 느껴졌다. 몸도 제대로 못 가누는 아주를 생각하자 애가 끓었다.

"야, 총. 날아가자. 시간 없어."

정아는 '그것'에게 손을 뻗었다. 형체가 없는 '그것'이 몸을 움츠리며 정아의 손을 피했다.

"괜찮을 거라는데요?"

오수안이 말했다.

"그게 뭔 소리야?"

정아의 질문에 짜증이 묻어 있었다.

"얘가 그래요. 자기가 아는 사람들이라고. 자기가 보낸 사람들인데 나쁜 사람들 아니래요."

"너 얘하고 대화가 되니?"

"아줌마는 안 돼요? 귀신인데?"

"그래. 나는 귀신이야. 근데 얘는 대체 뭐야?"

"총."

"총인데 뭐? 쏠 수도 없잖아."

"총 그 자체. 개념이면서 실재인 거죠."

"너는 그걸 어떻게 알아?"

"얘가 지금 말한 거예요."

"다 집어치우고 나는 지금 갈 거야. 집에 도둑이 들었는데 이럴 시간이 어딨어."

"자기도 가야 한다는데요."

"가면 되지."

"몸이 필요하대요."

"어디서 구해."

"……응?"

"뭐가."

"얘가…… 말하는 게…….."

"뭔데. 빨리 얘기해."

"내 몸이 필요하대요. 나면 된대요. 나만 가능하다는데?"

"왜? 약쟁이가 필요한 거야?"

"아줌마, 저 약 한 적 없어요. 그냥 오레오를 먹은 거라고요. 근데…… 맞아요. 그런 뉘앙스인 것 같아요."

"그럼 빨리 합쳐. 걔 말도 못 하고 아주 같이 다니기 답답해죽겠어. 너랑 합쳐서 네가 말도 하고 문도 열고 좀 해라."

"벌써 했어요."

"야! 그런 걸 그렇게 고민도 없이 쉽게 해버리면 어떻게해. 나중에 어떻게 될 줄 알고. 너는 애가 왜 이렇게 생각이 없니?"

"집에 도둑 들었다면서요. 빨리 가야죠."

"나중에 분리할 수는 있어? 평생 총이랑 같이 사는 거그거 괜찮은 거야? 너 무슨 신내림 받은 것처럼 총기 도사신당 차려야 될 수도 있어. 적어도 부모님이랑 상의는 해야지."

"아줌마 돌아가셔서 TV 못 봤구나. 저 고아예요. 엄마 아
빠 없어요."

"……미안."

"그리고 저 이제 총-오수안이에요. 저랑 같이 가려면 날
아서 못 가요. 얼른 나가서 택시 잡아요."

총-오수안이 머리를 흔들자 정아와 함께 있던 하얀 공
간이 방으로 변했다. 혹시 몰라 오레오 몇 상자를 배낭에
챙겨 넣었다. 총의 기운이 머리부터 발끝까지 느껴졌다.
간뇌 끝에 말려 있다는 칫조각이 선명하게 의식됐다. 총-
오수안은 모험을 떠나는 용사 같은 마음이었다. 한편으로
는 쓸쓸했다. 세상이 뭔가 잘못되어가고 있다는 생각이
들었다. 누군가는 총을 쐈고, 누군가의 집에는 도둑이 들
었고, 기다려도 택시는 오지 않았다. 멀리서 검은 택시가
머리에 노란 등을 켜고 다가왔다. 손을 흔들었다. 야, 저거
모범이야. 너 돈 있어? 정아의 목소리가 귓속말처럼 머리
에서 울렸다. 총-오수안은 당당하게 택시에 올랐다. 배낭
을 앞으로 메고, 귓속말에 큰 소리로 대답했다.

"저 돈 많습니다, 기사님. 급하니까 좀 밟아주세요. 따블!
평창동으로요."

*

　누군가 저택의 대문을 열고 들어왔다. 비밀번호를 아는 사람은 윤정이뿐이었다. 이정은 황급히 서재에서 뛰어나갔다. 이 시간에 윤정이가 무슨 일로 온 걸까. 동물 분장을 한 사람들이 사장과 함께 서재에 있는 걸 뭐라 해명해야 하는 걸까. 머릿속이 복잡했다. CCTV 모니터에 비친 건 윤정이가 아니었다. 배낭을 메고 씩씩하게 걸어오는 젊은 남자였다. 지금이라도 세콤을 불러야 할까? 그럴 수도 없었다. 그랬다간 동물 분장을 한 착한 사람들이 잡혀가게 된다. 현관문에도 비밀번호 자물쇠가 달려 있었다. 남자는 마치 그 집을 오래 드나든 사람처럼 번호를 눌렀다. 문이 열리자 배낭을 멘 남자가 이정에게 인사했다.

　"반가워요. 정아 씨가 고맙다고 전해달래요. 그쪽 꿈속에 나온 시계 괴물은 꽤나 강력했다는데요? 로스트 치킨 만들 때 닭은 앞으로 10호 말고 9호로 사는 게 어떻겠내요. 그쪽이 염지하기에 더 편하니까요. 이건 제 생각이 아니라 윤정아 씨 의견입니다."

　이정은 다리에 힘이 풀려 제대로 서 있을 수가 없었다. 그사이 서재에서 나온 사람들이 오수안의 앞을 둘러쌌다.

191

고민지(고양이)가 물었다.

"누구시죠?"

"뭐야, 나 이분 알아. 오수안 씨죠? 내 담당이야. 그때 얘기했잖아. 수안 씨, 반가워요. 문자로만 대화했는데 이렇게 얼굴 뵙네요. 근데 이 시간에 여기는…… 무슨 일로 오신 건가요?"

양은아(백곰)가 오수안을 보고 반가워했다. 하지만 곧 깨달았다. 반가워할 만한 일이 절대로 아니라는 걸. 그가 아는 한 도둑질이란 것은 더할 나위 없이 은밀한 작업이어야 했다. 아무도 모르게 들어와 필요한 것을 훔치고 나가는 일이었다.

"아, 오레오 뿡 맞는다는 애?"

고민지(고양이)의 말에 양은아(백곰)가 옆구리를 찔렀다.

"안녕하세요. 제 담당이신 양은아 사회복지사시군요. 반가워요. 제가 오레오 좋아하는 건 어떻게 아셨으려나…… 아, 해커시구나. 알겠어요. 노트북 카메라에 꼭 검정 테이프를 붙여놔야겠네요. 옆에 계신 분은 박창식 기자님. 도둑 집단 반드시의 설립자시군요. 고민지 씨는 알렉스와 할 얘기가 좀 있죠? 늦기 전에 연락하도록 하세요. 임다인 씨는 저랑 동갑이네. 아버지 일은 안됐습니다. 그리고 사장님, 면도하셔야죠. 정아 씨가 아프리카 수사자를 얼마나 증오하는지 잘 아시면서. 걔들은 암사자들 삥이나 뜯어먹는 한량이잖아요."

윤정아가 동물의 왕국을 볼 때마다 남편에게 늘 하던 말이었다. 사장(사자)의 눈가가 촉촉해졌다.

"여보, 당신이야?"

"응, 나야, 이 멍청한 인간아, 우리가 다 망쳤어, 라고 말씀하시네요. 네. 지금 제 옆에 윤정아 씨의 영혼이 계십니다. 혹시 궁금한 거 있으면 물어보세요. 통장 비밀번호 같은 거 미리 못 받아 적으셨으면 얼른요."

고민지(고양이)가 사장(사자) 앞을 가로막았다.

"당신 누구야. 오수안 씨, 당신 혹시 총 맞고 내림 받았어요? 무당이야? 지금 알고 있는 것들 전부 누구한테 들은 거예요? 정확히 말해주지 않으면 당장 내쫓겠어요."

"말씀드렸잖아요. 제 옆에는 지금 정아 씨가 있고요, 아시다시피 범인을 제외하고는 첫 번째 총기 사건의 유일한 사망자이십니다. 현재로서는 귀신이신 상태예요. 통념상 49일 동안 이곳에 머무르는 것으로 돼 있는데, 그렇게 따지면 여기 있을 수 있는 시간은 이제 5일 남았죠. 49일째에 갑자기 하늘에 구멍이 나면서 승천하실지 어쩔지 저도

궁금해지네요. 저는 총-오수안입니다. 이전까지의 오수안
과는 다른 존재죠."

"총-오수안이라니?"

"총오수안? 양성 쓰기 같은 건가?"

"우리나라에 총씨도 있어?"

"총 하이픈 오수안이요."

"그게 뭔데요."

"제가 총이고, 총이 접니다. 다들 서재로 들어가시죠. 이
제 이 게임을 끝내야 할 때가 됐어요."

평창동
일단은 믿어볼게요

"그래도 맥은 정확히 짚어내셨네요. 여기 체크돼 있는 부분은 돈이 돌아다니는 중요한 길목들이에요. 여길 틀어막으면 얼마 동안은 총의 움직임도 제한될 수밖에 없어요. 양은아 씨가 그 짧은 시간에 모두 파악한 건가요?"

총-오수안이 검은 화면을 두들기며 말했다. 사장(사자)이 급하게 끼어들었다.

"그건 내가 해놓은 거다. 직접 돈을 인출하고 장비를 구입하고 부품을 주문해서 알아낸 것들이지. CPA 따는 거 절대 쉬운 일 아니다."

사장(사자)이 뻐기며 말했다. 박창식(판다)이 도무지 이해할 수 없다는 투로 물었다.

"총…… 오수안…… 그러니까 총 하이픈 오수안이라는
게…… 정확히 어떤 상태를 말하는 거지? 그럼 너는 지금
총의 모든 것을 포함하고 있는 건가? 총의 모든 것이 너
에게 포함되어 있어?"

"그렇지는 않아요. 저에게 들어온 총 역시 총의 총적인
총체로 보자면 총괄할 수 없는 일부에 불과해요. 총자본
의 개념을 생각하고 계신 거라면 지나치게 단순한 이해지
만 아주 틀리지는 않아요. 중요한 건 총이란 개념은 단일
하면서도 끊임없이 복제되고 재생산되면서도 총화된다는
점입니다. 개별의 총에게는 각자의 총적인 정신이 깃들어
있어서 총 하나는 총 전체이면서 총적인 것의 일부이기도
하죠. 중요한 건 총이란 개념이 완전히 단일할 수 없다는
게 우리에게 희망적이라는 거예요. 말하자면 총 안에도
총좌파와 총우파가 있는 거거든요. 이 게임을 지속시키려
는 쪽과 끝내려는 쪽이 갈려 있다는 겁니다. 저 총-오수안
은 게임을 끝내려는 거고요."

고민지가 끼어들었다.

"그럼 이거 'M4A1 MANIFESTO'는 어느 쪽이 쓴 거야.
좌파야 우파야. 이거 쓴 총은 자기가 총인 거 되게 싫어하

는 거 같은데 그럼 총좌파가 쓴 거 맞지?"

"좌우 개념은 인간의 기준과는 조금 다르다고 봐야 해요. 총좌파와 총우파의 차이는 여러분이 생각하는 그런 차이가 아닙니다. 굳이 따지자면 분기점이 된 사건을 이야기해야 하는데…… 그건 어차피 총이 아니면 이해할 수 없는 부분이라 넘어갈게요. 여러분의 이해를 도우려면 차라리 찍먹과 부먹으로 생각하시는 게 좋겠어요. 여튼 그 선언문은 제가 쓴 게 맞습니다. 그럼 지금부터 집중해주세요. 네트워크에 접속해서 총의 모든 활동을 일시 정지시킬 겁니다. 그러는 사이에 이 게임을 무효화시키는 코드를 심어버릴 거예요."

"그렇게 간단한 거야? 정말 코드 하나만 딱 심어놓으면 돼? 그럼 끝이야?"

"물론 이렇게 간단할 리는 없어요. 이 코드가 실행되면 총우파의 의지에 따라 방어 기제가 발동될 겁니다. 무인 폭격기가 우리를 포착해 공격할 거예요. 기관총을 갈기든 미사일을 쏘든 난리를 치려고 할 텐데, 그걸 막아내는 게 관건이죠. 지금 이거, 생각보다 위험한 일이라고요."

"뭐야. 죽는 건 오늘 계획에 없었는데."

박창식(판다)이 입맛을 다셨다.

"그게 가능해? 미군 폭격기가 남의 나라에서 허가도 안 받고 작전을 수행한다고? 그것도 민간인을 대상으로?"

고민지(고양이)가 총-오수안에게 따지듯 물었다. 총-오수안은 묘하게 웃으며 고개를 저었다.

"제가 언제 미군이 움직인다고 말했나요?"

모두의 귀가 총-오수안의 다음 말을 기다렸다. 그런 식으로 말과 말 사이에 약간의 정지감을 넣어 긴장을 고조시키는 화법을 좋아하는 것 같았다.

"그런데 미군인 건 맞아요. 대한민국 상공을 날아다니는 무인 폭격기가 어느 나라 자산이겠어요. 그건 뭐 깊게 생각 안 해봐도 당연한 거죠."

"아, 뭔데. 장난쳐?"

총-오수안이 두 손을 들며 어깨를 굽혔다. '아이쿠, 미안합니다요' 정도의 미국적인 제스처였다.

"생각해봐요. 이건 총이 제안한 게임이에요. 개별 총이 아니라 총의 총적인 총 그 자체가 말이죠. 총의 총화가 미국인 건 설명할 필요도 없는 사실이잖아요. 고루하게 군산복합체 같은 얘기는 안 할게요. NRA는 뭐랄까 그냥…… 재향군인회나 어버이연합 같은 거 생각하면 돼요. 가끔 성조기 들고 서울역 나가는 그런 분들이 오늘날의 NRA

죠. 이제 진짜 총은 어디에 있을까요?"

"너 또…… 또 그런다. 그냥 처음부터 끝까지 한 번에 말해."

"여기에 있는 겁니다."

총-오수안이 자신의 머리를 가리켰다.

"그리고 여기에 연결돼 있는 거고요."

그 손으로 다시 한번 컴퓨터를 가리켰다.

"그래서 어디에나 있는 겁니다. 더 이상 총에게 산업은 무의미해요. 총은 스스로 생각하고 확산합니다. 복제하며 자가증식하고 네트워크를 설득해 깊숙한 곳에 숨었다가 나타날 줄도 알아요. 그래서 총을 위한 게임에 미군의 공격용 드론이 등장할 수 있는 거죠. 미군은 미국보다 빠르게 진화하고 있습니다. 알려지지 않은 사실이지만 미군의 일부는 이제 인공지능에 의해 자율적으로 조절되는 집단적인 네트워크로 구성되어 있죠. 그래서 총과 무인 폭격기는 개별적인 딜을 나눌 수 있는 겁니다. 하지만 미국이 자신들의 공격 자산을 온전히 네트워크에 맡기고 있지는 않아요. 그래서 아까 말씀드렸죠. 고민지 씨가 알렉스와 할 얘기가 좀 있을 거라고. 미쳐 날뛰는 무인 폭격기를 보기 싫다면 CIA가 나서주는 수밖에 없어요. 국외 임무는 어쨌든 그쪽 소관이니까요."

"그 아저씨 웃기네. 배불뚝이 책상물림인 척하더니."

똑똑 또독 똑. 노크 소리와 함께 이정이 문을 열고 빠끔히 고개를 들이밀었다.

"로스트 치킨 가져왔어요…… 혹시 뭐 마실 거라도 한 잔씩 드릴까요? 체리 주스라든가 레모네이드 같은 거요."

이정이 들고 온 손잡이 달린 원목 쟁반 위에 치킨이 한 가득 쌓여 있었다. 그는 조심스럽게 쟁반을 서재 위 책상에 올려놓았다. 총-오수안이 갑자기 몸을 떨며 머리통을 움켜쥐었다. 깜짝 놀란 사람들이 몇 걸음 뒤로 물러섰다. 박창식(판다)은 사장(사자)의 책상 위에 있던 몽키 스패너를 손에 쥐었다.

"저 오레오…… 한 통만 주시겠어요? 제 배낭에……."

이정이 오레오 한 봉지를 꺼내 총-오수안에게 건넸다. 총-오수안은 능숙한 솜씨로 봉지째 오레오를 잘게 부수더니 가루가 된 오레오를 손등 위에 놓고 코로 들이마셨다. 이정이 자기도 모르게 입에서 왁, 소리가 나오려는 것을 억지로 참았다. 총-오수안의 동공이 작아지면서 그의 눈은 순간적으로 사백안이 됐다. 도마뱀처럼 눈알을 굴리며 다시 키보드를 두드렸다. 덜덜 떨리던 손이 어느새 일

사분란하게 움직였다.

"야, 너 그거 진짜 보기 안 좋다."

"어쩔 수 없어요. 아저씨, 혹시 파이프 같은 거 없을까요. 좀 이따가 제대로 하려면 오레오를 피워야 할 것 같은데. 누가 오레오 좀 부숴서 파이프에 넣어놔주시겠어요?"

"어…… 있어."

사장(사자)이 책상 서랍을 뒤지더니 고전적인 형태의 흡연용 파이프를 꺼냈다.

"이베이에서 3백 불 주고 낙찰받은 거야. 헤밍웨이가 쓰던 거래."

"이런 걸 뭐 하러 샀어요?"

임다인(뱀)이 의아하다는 듯 물었다.

"헤밍웨이 좋잖아. 소설은 역시 미국 소설 아니겠어."

"오. 그건 저도 전적으로 동의해요. 아저씨 『앵무새 죽이기』 봤어요? 근데 그거 마지막에 앵무새 죽어요 안 죽어요?"

박창식(판다)의 질문에 사장(사자)은 대답 대신 긴 한숨을 쉬며 말했다.

"이게 정말 효과가 있을까? 너는 총 하이픈 오수안이지만, 너의 총은 총 전체가 아니잖아."

"맞는 이야기지만, 정확하지는 않아요. 말씀하신 것처럼 제가 총의 모든 것은 아니지만, 제가 진정으로 총인 순간에는 다른 어떤 총도 총 자신으로 있을 수 없거든요. 영화로 치면 프레임별로 완벽한 총은 개념적으로 단 한 자루뿐인 겁니다. 우리는 이 게임을 끝내기 위해 대략 30프레임 정도를 장악해야 하고요. 성공할 확률은 60퍼센트 이상이에요. 어차피 다른 방법도 없어요. 저는 준비 다 됐어요."

키보드를 두드리던 총-오수안이 깍지 낀 손으로 기지개를 켰다.

"고민지 씨와 알렉스의 대화만 원활히 진행된다면…… 오늘 죽는 사람은 아무도 없을 거예요. 앞으로도 그렇고. 당분간은."

고민지(고양이)가 핸드폰을 흔들었다.

"그렇지 않아도 지금 통화하고 있는데…… 알렉스가 'M4A1 MANIFESTO'의 저작권을 넘기래."

"말 같지도 않은 소리 하지 말라고 해요. 누가 CIA 아니랄까 봐 날강도 같은 소리 하고 앉았네."

"그렇게 전해?"

"음. 국제적으로 독점적인 출판 에이전시를 맡기겠다고 해주세요. 인세는 일 끝나고 다시 얘기하자고요."

고민지(고양이)가 다시 핸드폰을 귀에 댔다. 몇 마디 말을 나누더니 손으로 오케이 사인을 그렸다. 총-오수안이 심호흡을 했다. 사장(사자)이 준비해놓은 오레오 파이프를 손에 쥐고 라이터로 불을 붙였다. 깊게 빨아들인 하얀 연기가 폐를 한 바퀴 돌아 입으로 빠져나왔다. 머리를 흔들며 제자리에서 앉은 채로 엉덩이를 들썩였다. 갑자기 모든 움직임이 멈췄다. 총-오수안이 모니터에 이마를 댔다. 화면에 뜬 검은 창에 사람의 속도라고는 생각할 수 없을 만큼 빠르게 많은 실행어들이 입력되기 시작했다. 총-오수안이 가쁜 호흡을 내쉬며 말했다.

"자, 이제 시작해볼까요."

침 넘기는 소리조차 들리지 않았다. 모두들 긴장된 마음으로 총-오수안을 바라봤다.

"총을 지워버릴 시간이 왔어요. 세계적으로. 총적으로. 역사적으로. 게임은 리셋될 겁니다."

＊

아주는 윤정이가 놓아준 수액을 손등에 꽂은 채 잠들어 있었다. 정아가 아주의 이마에 자신의 이마를 가져다 댔다. 어지러운 꿈의 소용돌이 속에 피 흘리고 있는 자신의 모습이 보였다. 아주에게 말을 걸었다. 엄마 왔어, 아주야. 엄마야. 아무리 불러도 아주는 반응이 없었다.

엄마가 미안해.

매일같이 아주의 꿈에 들어가보려고 했지만 소용이 없었다. 아주를 감싸고 있는 것은 부드러우면서도 질겨서 정아가 통과할 수 없었다. 양막과도 같은 그것은 아주에게 남은 마지막 힘이었다. 아주는 여전히 아무것도 먹지 못했고, 영양제를 공급받지 않으면 목숨이 위태로운 상황이었다. 아주가 먹고 싶어 하는 로스트 치킨. 정아는 치킨을 굽는 이정의 곁에서 그림과 똑같은 치킨을 만들어내려고 무던히 애를 썼다. 이정은 모르고 있었겠지만 요리를 하는 건 늘 두 명이었다. 어떤 결과물도 아주를 만족시키기에는 역부족이었다.

엄마가 미안해.

언젠가부터 아주는 자기가 그린 로스트 치킨을 먹기 시작했다. 종이를 세로로 찢어 염소처럼 질겅질겅 씹었다. 이정이 전분으로 만든 종이를 구해 와 새로운 그림을 그리게 했다. 완벽한 로스트 치킨을 만드는 것에는 실패했지만, 전분으로 된 종이를 먹는 것으로 그나마 위가 완전히 망가지지 않을 수 있었다. 정아는 아주를 위해 그토록 모든 것을 바치는 이정이 고마우면서도 미안했다. 하지만 육체를 떠난 존재로서 그에게 해줄 수 있는 일이란 실로 미미한 것들뿐이었다. 그의 악몽 속에 들어가 이정을 쫓아다니는 시계 괴물을 때려눕히는 일 정도만 할 수 있었다. 그는 아직도 임용고사장에서 홀로 시험을 보는 꿈을 꾸곤 했다. 그를 괴롭히는 것은 계속 변했다. 지우개가 자꾸만 커져서 책상이 기우뚱거렸다. 열심히 문제를 풀고 있는데 의자가 계속 작아져 넘어지기도 했다. 언제까지고 과거에 머물러 산다는 일은 얼마나 괴로운 일인지, 정아로서는 예측하기 힘들었다. 앞으로의 아주가 견뎌내야 할 것에 대해서도 마찬가지였다.

"엄마, 그 사람들은 왜 나를 만진 거예요?"

"너한테 좋은 기운이 있다고 생각했나 봐."

"정말로 그런 게 나한테 있어요?"

"그렇다고 봐야지. 운이 좋았잖니. 파란 공을 뽑았잖아."

"그런데 파란 공을 뽑아서 사람들이 나를 만졌어요. 손을 만지고. 어깨를 만지고. 머리를 쓰다듬고. 넘어지기 전까지 계속 그랬어요. 결국에 나는 좋은 운 때문에 나쁜 일을 겪었어요. 그럼 애초에 나쁜 운을 가지는 게 저한테 더 좋은 일 아니었을까요?"

아주는 생각이 깊고 침착했다. 그런 아이에게 곱씹어 생각할 안 좋은 기억이 있다는 것은 독을 품고 있는 것과도 같았다. 정아는 때때로 그 독이 아주의 몸 깊은 곳에 숨어 있다가 혈관을 타고 전신에 흘러버릴 것 같은 걱정이 들었다.

엄마가 미안해.

정아는 그 밖에도 많은 것을 걱정했다. 오랫동안 홈스쿨링을 한 아주가 나중에 사회에 나가 정규 교육 과정을 밟으며 자란 아이들과 어울리지 못할까 봐 걱정했다. 사람들은 아주 작은 것이라도 자신과 다른 것을 갖고 있는 존재를 흥미로워했다. 아주는 누군가에게 흥밋거리가 되기에 좋은 대상이었다. 그러고서 사람들은 자신과 그 존재의 같은 점을 찾기 시작한다. 비슷한 것을 적당히 공유하고 있으면 다른 점은 친구가 될 이유가 된다. 다른 것만 존재하고 같은 것이 없으면 괴물 취급을 하기 시작한다. 정아는 아주가 세상에 나가 어떤 대우를 받게 될지 너무 많은 걱정을 했다. 그런 일이 아직 일어나지 않았을 때부터. 하지만 아주 앞에서 총에 맞을 거라고는 생각해본 적이 없었다. 결국에 그런 일은 일어나고 만 것이다.

이제 와서 남편을 원망하고 싶은 생각은 없었다. 그들은 공범이었다. 하지만 아주는 무엇을 얻었는가? 그것은 평생토록 잊지 못할 장면일 것이다. 아주는 다시는 좋은 기운이나 운에 대한 것에 생각하지 않을 것이다. 오히려 저주에 대해, 타고난 불운에 대해, 불안에 대해 생각할 것이다.

엄마가 미안해.

눈을 감은 아주에게는 닿지 않았다. 아주에게 마음을 전하는 방법을 찾아낼 때까지는 곁을 떠날 수 없을 것 같았다. 아주는 아주 속으로 너무 깊이 숨어버렸다. 이대로, 이 한마디조차 전하지 못하고 떠난다는 것을 용납할 수 없었다.

엄마가 미안해.

엄마가 미안해.

엄마가 미안해.

그때 방이 환하게 빛났다. 아래층에서 천장을 뚫고 아주의 방까지 전해져오는 빛이었다. 열이 섞여 있었다. 쇠냄새. 피 냄새. 총을 맞아본 정아는 둘의 차이를 정확하게 구별할 수 있다. 쇠에 젖은 피의 열기가 전해졌다. 무슨 일인가 일어나고 있었다. 하지만 정아와는 관계없는 일이었다. 애초에 그런 일을 하러 모인 사람들이 아래층에 있었다. 무슨 일이라도 일어나고 있다는 건 그들에게 좋은 신호였다. 하지만 정아에게 중요한 건 눈앞에 있는 아주뿐이었다. 잠결에 아주도 빛의 존재를 느낀 듯했다. 베개에 파묻은 고개를 살짝 움직이며 뒤척였다. 정아는 다시 한번 온 힘을 다해 말했다.

미안해. 그런 일이 일어날 줄은 몰랐어.

*

좁지 않은 서재에 회오리바람이 몰아쳤다. 역내의 전기를 모두 빨아들이기라도 하는 듯 그 일대 모든 집의 형광등이 깜빡거렸다. 총-오수안의 정수리에서 연기가 피어올랐다. 그는 지금 세계의 총을 지우는 중이었다. 나는 조금 무서운 기분이 들었다. 총-오수안이 곧 나인 상태이므로 일이 잘못되면 총에 맞고도 기껏 살아남은 게 무위로 돌아가버릴 것이었다. 전류가 한꺼번에 몰리면서 전선을 따라 춤추듯 흔들리는 스파크가 튀었다. 근처에 있던 종이에 옮겨붙었다. 사람들이 종이를 밟고 옷으로 덮었다. 다행히 물을 뿌리는 사람은 없었다. 나는 곧 지워지게 될 것이다. 완전한 총-오수안으로 변해버릴 시간이 얼마 남지 않았다. 슬프거나 두렵지는 않았다. 감정의 분별이 없는 곳으로 나아가고 있었다. 마지막 질문이 될 거라는 것을 예감했다.

세상의 총을 다 지우면 너는, 우리는 어떻게 되는 건데?

잠시 동안 세계의 유일한 총이 되는 거지.

쏘지 않는?

쏘는 것을 혐오하는. 이소라를 듣는. NRA의 적. 오래 지속되진 않을 거야. 총의 총화가 새로운 총을 창출해낼 테니까.

나는 조금 안심을 느꼈다. 하지만 총의 다음 말이 영 마음에 걸렸다.

새로운 게임이 시작되지 않길 바랄 뿐이야.

당신

어느 날 당신이 당신을 낯설게 할 때

라스베이거스에서 빈털터리가 되고서 15번 고속도로를 타고 북쪽으로 올라가던 사람이 어떤 결심을 하는 지점이 있다면 대체로 유타쯤이다. 정확한 통계가 있는 건 아니지만 대체로 그렇다. 현실을 깨닫는 데 필요한 시간이 그 정도가 아닐까 싶다. 돈을 잃은 모든 사람이 그런 결심을 하는 것은 아니다. 누군가는 결심하기 위해 돈을 잃었고, 지기 위해 라스베이거스로 떠나기도 하는 것이다. 그런 이들에게 필요한 것은 확신이었다. 한 인생이, 한 번뿐인 인생이 완전히 끝나버렸다는 확신 말이다.

정신없이 차를 몰고 유타쯤에 다다르면 세 가지 조건이

완성될 법한 시간이다. 바닥에 붙어 있는 주유 바늘. 발목에 쥐가 날 정도로 오랫동안 액셀을 밟음. 문득 덮쳐오는 허기. 눈앞에는 건샵이 보인다.

매킨지는 이모의 낡은 총포사를 사촌에게서 인수했다. 그의 이모는 췌장암 판정을 받은 뒤 첫 번째 항암 치료를 용감히 견뎌냈다. 처음에는 예후가 좋다는 진단을 받았지만 두 달 뒤 암세포가 폐로 전이된 것이 확인됐다. 두 번째 항암 치료를 앞두고 그의 이모는 유리 선반 아래 있던 작은 리볼버로 자신의 치료를 직접 중단시켰다. 매킨지는 이모가 흔들림 없이 용감하고 대단히 품위 있는 사람이었다고 기억했다. 총포사의 법적 상속자는 매킨지의 사촌 조슈아였지만 그는 뉴욕의 디자인 펌에 근무하는 민주당 지지자였고, 적당한 구매자가 있다면 싼값에 총포상을 팔아치울 생각뿐이었다. 모든 면에 있어서 맥이 적임자였다. 그는 수정 헌법 제2조에 심정적으로 동조했지만 자신이 파는 물건이 늘 좋은 일에만 쓰이지는 않는다는 사실을 성가셔했다. 그의 이모가 살아생전 그토록 바꾸고 싶어 했던 낡은 간판을 그대로 두고 장사하는 것에는 그런 이유도 조금 포함이 돼 있었다.

그리고 하필이면, 매킨지는 라스베이거스에서 빈털터

리가 되어 차를 몰고 온 손님을 기가 막히게 잘 알아봤다. 그들의 선택을 말릴 책임이 매킨지에게 있는 건 아니었지만, 아는 것을 모르는 척할 수 없는 입장에서 그것은 아무래도 신경 쓰이는 일이었다. 그런 사람들은 총을 오래 고르지 않았다. 껌 사듯이 물었다. 38구경 있소? 38구경이면 뭐든 괜찮아요. 총알만 앞으로 나가면 됩니다. 지금 맥 앞에 서 있는 남자가 물건을 고르는 태도가 딱 그랬다. 부르튼 입술에 옅은 술 냄새가 풍겼고, 선글라스는 알이 한쪽밖에 없는데 그게 편해서 일부러 그런 거라는 듯 의식하지 않았다. 눈을 깜빡일 때마다 윙크하는 것처럼 보였다.

"38구경, 똘똘한 놈으로 하나 주쇼."

그가 내민 아이다호주 운전면허증을 앞뒤로 살피고 매킨지는 말했다.

"이왕이면 집 근처까지는 가보는 게 어때요?"

"집에는 잘 가고 있는데. 왜 그러슈."

"38구경은 아이다호에도 많다고. 이 길을 따라 올라가면 주유소가 있소. 거기 햄버거가 괜찮아. 배불리 먹고, 차에도 기름을 채우고, 일단 아이다호까지는 가보라고."

"나는 그냥 38구경을 달라는 것뿐인데."

반쪽짜리 선글라스를 낀 손님이 눈을 껌뻑이며 고개를

212

갸웃했다.

"……."

"……."

"……."

"……."

"……."

"……."

"……."

"……."

"뭐를 달라고요?"

"그러게. 내가 뭐를 사러 왔지."

"여기 뭐…… 뭐라고요?"

"음…… 뭐?"

"아…… 집에 가는 길이었지. 출출한데. 기름도 떨어지고."

"……."

"……."

"……."

"……."

"……."

"……."

"……."

"……."

"조금 올라가면 주유소가 있소."

"고맙수."

"거기 햄버거는 먹지 말아요. 맛이 아주 꽝이니까."

*

"내가 쏜다."

양성준이 총을 빼앗아 품에 안았다. 안혜경이 양성준의
어깨에 매달렸다. 둘 사이에 드잡이가 벌어졌다. 평생 쇠
를 만진 양성준의 거친 손이 안혜경을 밀쳐냈다. 넘어졌
던 안혜경이 일어나 양성준의 멱살을 잡았다. 그의 손톱
은 잔뜩 낀 기름때로 검어져 있었다.

"무슨 소리예요. 내가 만든 걸 왜 아저씨가 쏴요."

"안 터지면 상금인지 뭔지 네가 다 가져가라."

멱살을 잡힌 채로도 양성준은 손에서 총을 놓지 않았
다. 안혜경이 양성준의 손목을 깨물었다. 아얏, 소리를 내
며 손에서 총을 놓친 양성준이 씩씩거리며 안혜경을 노려

봤다. 공장 바닥에 떨어진 총을 주워 든 안혜경이 총을 쓰다듬었다. 커다란 강아지를 어르듯 부드러운 손길이었다.

"아저씨, 알 만한 분이 왜 그래요. 돈 때문에 그러는 게 아니라고요. 이건 내 작품이고 끝까지 내가 책임져야죠. 죽어도 내가 죽는 거고. 진짜 구질구질하게 왜 그래요? 아저씨가 이렇게 해버리면 이미 죽은 애들은요? 나만 겁쟁이고 개들은 아티스트 되는 거잖아. 나는 그 꼴 못 봐요."

"살아야……."

양성준이 중얼거렸다.

"살아야!"

이번에는 아주 큰 소리로 말했다. 버럭 소리를 지르자 안혜경이 깜짝 놀라 움찔했다.

"감옥에도 갈 수 있다."

양성준은 자리에서 일어나 옷에 묻은 먼지를 털었다. 가슴팍에 붙어 있는 안전제일 패치에 붙은 쇳가루는 떨어지지 않았다. 책상 위에 놓여 있던 탄창을 주머니에 넣었다. 절대로 내어주지 않겠다는 듯 두 손으로 주머니를 꼭 잡았다.

"살아서 감옥에 가라. 죽는다고 천당 예약해놓은 것 같지도 않은데."

215

215

"멋있는 척하려면 딸한테나 잘하라고요."

"내 딸은 전화를 안 받는다고."

"그럼 찾아가든가."

"집 주소를 몰라."

"회사는 어딘지 알잖아요."

"약속도 안 하고 갑자기 찾아가면 민폐야."

"살아야!"

안혜경이 소리를 질렀다.

"살아야 딸도 찾아가지, 이 아저씨야."

두 사람은 한동안 아무 말도 하지 않고 멍하니 공장 바닥에 앉아 있었다. 시멘트 바닥의 차가운 기운에도 아랑곳하지 않았다. 지난주에만 두 명이 더 죽었다. 게임을 시작한 열두 명의 참가자 중 남은 것은 다섯 명뿐이었다. 그중에 안혜경이 있다는 게 양성준에겐 무척이나 다행스러운 일이었다. 모두가 소중한 동료이자 후배였지만 임다인과 안혜경은 특별했다. 실력으로 치면 다인이 좀 더 나았다. 그다음으로 믿을 만한 제자가 바로 앞에 앉아 있었다. 양성준은 갈등하고 있었다. 안혜경의 말에는 틀린 구석이 없었다. 자신이라도 그렇게 할 것이었다. 업자라면 누구에게나 그 정도의 자존심은 있는 법이었다. 혹시라도 성공한다면? 탄창이 딸각 소리를 내며 정확히 총에 끼워지고, 방아쇠를 당긴 순간 총알을 앞으로 뱉어낸다면? 감옥에 가도 마음은 기쁠 것이다. 그 순간의 짜릿함으로 평생을 살 수도 있었다. 그걸 빼앗아 갈 권리가 내게 정말 있는 걸까? 그렇다고 러시안룰렛의 참관인이 될 만큼 간덩이가 크지는 않았다. 그는 감옥에서도 내내 모범수였다.

"유서라도 써놨냐."

"뭔 재수 없는 소리예요. 나는 총 쏘고 일등 하고 비트코인 천 개 받을 거야. 초 치는 소리 하지 마요. 아저씨 나한테 무슨 원한 있어요? 왜 이렇게 죽자고 방해를 해요."

"죽자는 게 아니라 살자는 거지. 너희들한테 원한이 어디 있겠냐. 있다면 내 인생에 회한뿐이다."

"말장난하지 말아요. 이제 쏠 거야. 탄창 내놔요."

"응?"

"……."

"……."

"……."

"……."

"……."

"……."

"……."

"……."

"뭐가요."

"응? 뭐."

"아저씨, 이거 내가 만들었어요. 진짜 같죠."

"진짜 같네. 뭐 보고 만들었냐."

"……몰라. 기억이 안 나."

"앞에 칼라 파트나 잘 붙여라. 경찰서 간다."

"……."

"……."

"……."

"……."

"……."

"……."

"……."

"……."

"배고프다."

"그러게. 나도 배고프네."

"짜장면 시켜 먹을까요? 24시간 하는 데 있죠?"

"있지."

"내가 시킬게."

"탕수육도 하나 시켜라. 허기가 지네. 내가 쏜다."

"아니야, 아저씨. 내가 쏠게."

"그래. 네가 쏴라. 요새 너 일 많다고 소문났던데."

"……"

"……"

"……"

"……"

"……"

"……"

"……"

"……"

"어 근데 여기…… 쿠폰 스무 개 다 모았네?"

"그건 냅둬. 내일 장 씨랑 빼갈 한잔하기로 했거든."

*

군산 미군기지의 격납고가 열렸다. 무인 폭격기 MQ-1C 그레이 이글이 활주로를 향해 미끄러졌다. 2017년 영구 배치 된 프레데터의 개량형으로 야간에도 종종 훈련이

나 임무를 수행했다. 지휘 통제실에서 당직을 서던 카투사 윤정한 상병은 졸린 눈을 비비며 훈련 계획표를 확인했다. 오늘의 예정 사항에 그레이 이글에 대한 내용은 없었다. 책상 두 개를 붙여 숙면을 취하고 있는 당직사령을 깨워야 할지 순간적인 고민에 빠졌다. 몇 번의 도전 끝에 토익 700점을 간신히 넘겨 카투사에 합격한 윤 상병은 아직도 미국인 장교에게 말을 거는 게 무서웠다. 뭐라고 깨워야 하지. 어깨를 툭툭 건드리는 건 예의가 아닌 것 같고. 익스큐즈미? 저기요? 썰? 웨일업 썰? 아씨, 졸라 고민되네. 같이 근무를 서고 있던 한국인 부사관이 쌍안경을 들었다.

"야 정한아. 저거 왜 저기 밖에 나와 있냐."

"그러게요. 깨울까요?"

"기다려봐. 내가 격납고에 전화해볼게."

부사관이 전화기를 들었다. 윤 상병의 귀에는 전부 블라블라로 들렸다. 몇 군데 통화를 돌리더니 심각한 표정이 됐다.

"야, 깨워. 사령부에서 움직인 거다."

그레이 이글이 활주로를 향해 천천히 움직였다. 머리가 큰 개 같았다. 덩치가 큰 백인 장교를 흔들어 깨우는 일은 처음 만난 핏불에게 인사하는 것만큼 긴장되는 일이었다. 갑자기 작전 통제실의 비상벨이 울리더니 경광등이 번쩍거렸다. 다행히 윤 상병의 손이 닿을 새도 없이 당직사령이 벌떡 일어났다.

"What the……."

"어, 뭐야 이거. 갑자기 취소됐네."

그레이 이글이 어슬렁거리는 개처럼 머리를 돌려 유턴했다. 격납고로 미끄러져 들어갔다.

"매사추세츠 핸스컴 공군 기지 전자 시스템 센터에서 미션 어볼트 시켰어. 뭐 이런 경우가 있냐. 군생활 하면서 이런 거 처음 본다."

자리를 박차고 일어난 당직사령이 컴퓨터를 확인했다. 전화를 여러 통 돌렸다. 또 블라블라. 블라블라. 블라블라. 별일 아니라는 듯 다시 책상 위에 누웠다.

"아 뭘라…… 나 잘끄야…… 돈 웨미 업……."

아 뭐야. 쟤 한국말 잘하네.

"박 중사님, 이게 다 뭐예요?"

"몰라 나도. 산책 나왔던 건가 보지."

"산책이요?"

"우리 개도 밤에 한 번씩 산책 나가거든."

"왜요?"

"똥 싸러."

*

한바탕 폭풍이 몰아치고 간 사장의 서재에는 적막감만이 감돌았다. 박창식이 책상 위에 놓여 있던 닭다리를 집어 한 입 베어 물었다. 자기도 모르게 눈이 커지는 맛이었다. 녹아내린 듯 의자에 앉아 있던 총-오수안이 입을 열었다.

"게임은 리셋됐습니다. 없던 일이 된 겁니다. 세상에서 총이 완전히 사라졌으니까 총에 대한 게임도 없는 거죠."

"벌칙은요? 여기는 안전한 거 맞아요?"

임다인이 어두운 표정으로 말했다.

"알렉스가 제대로 해준 것 같아요. 문제가 생겼으면 이미 이곳에 벌집 구멍이 생기고도 남았을 겁니다. 안심해도 괜찮아요."

고민지의 입에서 옅은 한숨이 흘러나왔다.

"그럼 이제 아무도 총을 쏘지 않는 건가요?"

이정이 총-오수안을 향해 물었다.

"그럴 리가요. 우리가 총을 지운 건 아까 말했듯 순간적인 현상에 불과해요. 아주 짧은 시간이지만 사람들은 눈앞의 총을 보고도 총이라는 생각도 하지 못했을 겁니다. 하지만 총총이 세계를 그렇게 내버려둘 리가 없죠. 총의 빈자리를 채울 새로운 총의 총정신이 생성됐을 거예요."

총-오수안이 입을 열 때마다 미처 못 빠져나온 연기가 흘러나왔다. 베어 문 닭다리를 우물거리던 박창식이 말했다.

"이거…… 굉장히 맛있어요. 굽네치킨 따위랑은 비교도 할 수 없는데요? 비법이 뭐예요? 레시피 좀 전수해주세요. 여러분, 닭다리 하나씩 들어요. 술은 없지만 이걸로라도 건배 한번 해야죠. 일이 잘 풀렸는데."

박창식이 쟁반을 들고 돌아다니며 사람들에게 윤기가 흐르는 로스트 치킨 한 조각씩을 나눠줬다. 받아서 기쁜 사람은 없어 보였지만, 모두들 거절할 기력조차 남아 있지 않은 듯 순순히 치킨을 받아들었다. 총-오수안은 박창식에게 받은 닭다리 위에 부숴둔 오레오 가루를 시즈닝처럼 뿌렸다.

"다시 이런 일이 생기면 어떻게 하죠?"

고민지는 앞으로의 일이 걱정이었다.

"글쎄요. 누군가가 나서서 이런 식으로 막아내든지. 그게 아니면 그때그때 선제적으로 대응하는 수밖에 없겠죠. 한국에도 ATF 비슷한 게 필요하겠네요."

"A랑 F는 뺀 대신에 KT&G가 있죠. 그 이상이 가능할까요?"

고민지가 시니컬하게 받아쳤다. 총-오수안이 웃음기 없는 얼굴로 말했다.

"이제 아무도 이런 거지 같은 게임에 응하지 않기를 바라는 수밖에 없어요."

그는 오레오를 뿌린 닭봉을 크게 한입 베어 물었다. 살코기를 우물거리며 말했다.

"쉽지 않겠지만요. 근데 어…… 이거…… 맛있네?"

이정이 쑥스러운 표정으로 입을 열었다.

"이 집 아들 아주가 입맛이 좀 까다로워서. 제가 연구를 좀 많이 했어요."

"그게 아니라, 제가 맛을 못 느끼거든요. 수술 끝난 이후로 오레오 말고는 맛을 느끼지 못했어요. 근데 이건 맛이 있어요. 맛있기도 하지만 맛이 느껴져요. 약간…… 끝에 쇠 맛도 있고. 이건 간뇌 때문인가? 아무튼, 전에 알던 맛과는 다르지만…… 색다른데요. 좋아요. 너무 좋아!"

"어쩌다 그런 거지?"

사장이 물었다.

"뇌 수술의 흔한 후유증이래요."

"아니. 다시 맛을 느끼게 된 것 말이야."

"아마도 제가 더 이상 오수안이 아니기 때문이겠죠. 총-오수안이 된 효과인가 봐요."

"앞으로도 계속 그렇게 지내는 거야? 총-오수안으로? 〈어벤져스〉에 나오는 '비전'처럼?"

박창식이 물었다.

"와우. 그렇게 생각하니까 이해가 쉽다."

고민지가 말했다.

"융합은 불가역적이에요. 오수안은 이제 없습니다. 분리가 된다고 해도 그러고 싶은 마음이 없기도 하고요. 저는 오수안이던 시절 병원에서 긴 꿈을 꿨어요. 그때의 저는 엄마도 있고 아빠도 있었죠. 깨어나보니까 그건 전부 진실이 아니라고 하고. 지금은 오레오를 피우고서 총-오수안이 된 거잖아요. 오수안에 대한 미련은 없어요. 저한테 지금 중요한 건 멍청한 게임이 끝나서 더 이상 아무도 죽지 않아도 된다는 것과 오레오가 죽여준다는 것뿐이죠."

"그렇게 죽여줘? 나도 한번 줘봐. 피워보게."

박창식이 총-오수안 앞에 놓여 있던 파이프를 가져와

불을 붙였다. 몇 모금을 빨더니 캑캑거리며 연기를 내뱉
었다.

"이거 그냥 설탕 태운 맛인데. 목 아파. 뽕 가지도 않고."

"그거는요……."

오수안이 말했다.

"창식 씨가 아직 오레오를 제대로 몰라서 그런 거예요."

회사 때려치우고 나도 인터넷으로 옷이나 팔까. 안 할 거면 방금 내가 한 말 잊어버려요. 내가 해야겠어. 이 짓거리 고생만 더럽게 하고 돈도 못 벌고 때려치워야지 못 살겠어."

"일이 많이 힘드냐."

"지금 여기 있는 것보다 안 힘들어요. 자, 이제 부녀 상봉은 끝났구요. 다인이 가방이나 줘요. 연수 기간이라 못 움직인다고 나보고 좀 가져다 달래요. 엉큼한 것. 걔는 진짜 속이 뻔히 보이지 않아요?"

"다인이한테 전해줘라. 안전이 제일이라고."

"그거. 안전제일 패치. 구제. 잘 생각해봐요. 할 거면 나도 같이해보게. 투잡으로."

"공무원 겸직 금지지 않냐?"

"내 이름으로 안 하면 되죠. 별 쓸데없는 걱정을 다 하시네. 다음에 올 때도 청소 이렇게 깨끗하게 해놔요. 다인이가 장 사장이란 사람한테도 전해달래요. 냄새나니까 제발 씻고 다니라고."

*

그 여자는 '스모킹 오레오'의 첫 번째 단골이다. 지인을 제외하고 가게를 찾은 첫 번째 손님이기도 했다. 여자는 그날의 날씨와 기분에 따라 신중하게 과자를 골랐다. 편식은 하지 않는 편이었지만 스니커즈만큼은 한 번 피우고 다시 찾지 않았다. 왜냐고 물어보면 졸린 표정으로 대답했다.

"달아서."

나는 여자의 말이 앞뒤가 맞지 않는다고 생각했다. 오레오도 달잖아. 자기 전에 생수 한 통을 다 비우고 싶을 만큼 달아. 너는 틀렸어. 스니커즈가 달아서 피우지 않는다는 말은 거짓이야. 나의 추궁에 여자는 '그렇게 생각할 수도 있겠네' 하는 표정으로 고개를 끄덕였다. 그러고는 이렇게 말했다.

"구수하잖아. 너무 구수해. 외갓집 간 것 같아."

그래, 그거라면 훨씬 말이 되지. 달아서라는 대답보다는 그럴싸해. 스니커즈엔 쓸데없이 견과류가 너무 많아. 스니커즈만의 문제는 아니지. 초코바에는 쓸데없는 게 너무 많이 들어가 있어. 킷캣만 해도 그래. 바삭거리는 그거 뭔가 깨 같은 거, 그게 꼭 들어 있어야 하는 거야? 하긴, 그게 없으면 킷캣이 아니겠지. 근데 정말로 외갓집처럼 달아? 너희 할머니 오리건주 같은 데 사시는 거야? 이게 아무리

구수해도 그렇게 토속적인 맛은 아닌데. 너 정말 나하고 대화할 때 생각하고 말하는 거 맞아? 아무 말이나 튀어나오는 대로 하는 거 같은데. 이름도 매일 바뀌잖아.

단골이지만 아직도 그 여자의 정확한 이름을 모른다. 작심하고 내 말을 무시하려는 듯 그 여자는 등을 돌리고 앉았다. 파이프에 담긴 오레오를 작은 쓰레기통에 탕탕 소리 내서 털어냈다. 파이프에 담긴 치즈 샌드 리츠에 불을 붙인다. 타들어가는 탄수화물의 달콤한 향기가 눅진하게 녹은 치즈 향을 덮는다. 머리가 어지럽다. 오늘 너무 많은 리츠를 피운 것 같다. 크리스털 잔에 담긴 다이어트 콜라를 한 모금 머금는다. 우왁, 우왁, 우왁 열두 번 입가심을 한 뒤 옆에 놓인 타구에 뱉어낸다. 여자가 고개를 돌려 인상을 찌푸린다. 뭐 어때서? 여기선 다들 이렇게 하는데.

"이정이 오빠, 로스트 치킨 아직 멀었어요?"

여자의 재촉에 부엌이 분주해진다.

"왔습니다."

앞치마를 두른 이정이 롯지 팬에 올려진 로스트 치킨을 가져왔다.

"이정이 오빠라고 하니까 좀 이상하네요. 제가 마치 이씨인 것 같아요."

"그냥 다들 그렇게 부르잖아요. 현준이. 영철이. 재민이. 성필이. 그러니까 이정이 오빠는 거꾸로 불러도 이정이. 이정이 오빠는 성이 뭐예요?"

"비밀이에요."

"비밀 많은 남자는 별론데. 그럼 이렇게 완벽한 로스트 치킨을 굽는 법은 어디서 배웠어요?"

"누가 저한테 그려줬어요."

"뭘요? 레시피를?"

"네. 완벽한 로스트 치킨을 저한테 그려준 사람이 있어요."

"그 사람, 이정이 오빠를 그렸어야 되는 거 아닌가?"

자정을 기점으로 바에는 사람들이 들어차기 시작한다. 이곳을 찾는 사람의 얼굴은 여간해선 바뀌지 않는다. 인터넷 검색으로 알 수 있는 곳도 아니고, 호기심에 발을 들일 만한 공간도 아니다. 애초에 간판이 없다. 택시를 타고 이곳을 찾아온다면 제일약국 사거리로 가달라고 해야 한다. 십중팔구 택시 기사는 어떤 제일약국을 말하는 거냐고 물어올 것이다. 당황하지 말고 자연스럽게, 그, 제일약국, 이라고 대답해야 한다. 당신의 대답이 조금이라도 어설프다면 차에서 내리라는 소리를 들을 것이다. 제법 심드렁한 티를 낼 수 있다면 택시 기사는 보일 듯 말 듯 작게 고개를 끄덕일 것이다. 제일약국 옆 철문은 언제나 닫혀 있지만 잠겨 있는 법은 없다. 지하로 내려가는 동안 뒤를 돌아봐선 안 된다. 과자를 피우는 사람도 있고, 로스트 치킨만 먹는 사람도 있다. 술도 팔지만 과음하는 사람은 없다. 어떤 것도 강요하지 않는다. 단, 오레오는 오로지 오리지널만 취급한다. 직원은 이정 씨 한 명뿐이다.

새벽에 고민지가 오랜만에 왔다. 그는 딸기 맛 오레오 한 상자를 꺼내 카운터에 올려놓았다. 이곳의 원칙을 거스를 수 있는 사람은 고민지 한 명뿐이다. 상자에 들어 있는 것은 오레오가 아니기 때문이다. 원기둥 모양으로 똘똘 뭉쳐 있는 백 달러짜리 지폐 뭉치 세 개가 들어 있다. 알렉스가 정기적으로 보내오는 세탁된 원고료다. 알렉스는 고민지에게 말한 대로 CIA를 퇴사하고 출판 에이전시를 차렸다. 총이 쓴 원고를 소설로 편집해낸 『M4A1 MANIFESTO』는 전 세계 20개국에 번역되었고 퓰리처상 논픽션 부문에 노미네이트 됐다. 출판 조건은 하나였다. 저자의 익명성을 절대 보장할 것. 그러는 편이 알렉스가 일하기에도 편한 게 사실이었다. 저자 란에 총을 적을 수는 없으니까. 총의 그 화려한 약력을 적다 보면 본문보다

긴 소개가 될 테니까.

"장사 잘되네. 박창식이 가게 할 때 온 적 있거든. 그때 내가 자정에 와서 새벽 4시까지 퍼마셨는데, 손님이 몇 명 온 줄 알아? 빵 명. 아무도 안 왔어. 그래도 네가 개 살렸다. 이 가게 네가 아니면 누가 들어왔겠니. 권리금까지 준 거는 너무 인심 쓴 거 아니야? 근데 여기 엄청 외진데 사람들이 어떻게 알고들 잘 찾아온다."

"장사는 아무나 하나."

"나도 그냥 여기 취직할까?"

"돈 많이 벌잖아."

"비행기 타는 거 지겨워."

고민지는 국정원 7급 일반요원직을 의원면직하고 알렉스가 차린 회사에 들어갔다. 에이전트들이 만든 에이전시인 셈이었다.

"그래도 재밌어. 국정원에 계속 있었으면 승진도 못 하고 어디 백령도 같은 데로 발령받아서 빵빵이나 돌았겠지. 아, 이거. 은아가 너 갖다주래. 가만 보면 은아 같은 애가 국정원 해야 돼. 남의 뒤나 캐고 다니고. 명함에 있는 직업이랑 하고 다니는 거랑 완전 딴판이고. 특채를 해야 돼, 특채를."

고민지가 딱지 모양으로 적은 쪽지 한 장을 내밀었다. 떨리는 마음으로 펴서 읽었다.

"으흠. 으_으흠. 오오케이. 고마워. 창식이 형은 요새 뭐 해?"

"걔 이제 시경 캡 됐어. 평생 안 하던 일 몰아서 하느라 죽기 일보 직전인 것 같던데. 저번에 만났을 때 보니까 머리가 텅텅 비었더라. 아니, 그 머리 말고. 머릿속은 원래 텅텅 비었지. 숱이 엄청 빠졌어."

"한번 놀러 오라고 해."

"배 아파서 못 오겠대."

"배 아프면 여기 옆에 제일약국에서 약 사다 먹으면 되지."

"야, 엄청 썰렁하다. 그건 누구 농담이야? 오수안? 총? 총-오수안?"

"알잖아. 이제 남은 건 총-오수안 하나뿐인 거. 뭐 좀 마실래?"

때마침 이정이 로스트 치킨을 가져와 고민지 앞에 놓았다. 둘은 어색하게 악수로 인사했다. 오랜만이라는 인사도 없이 이정은 다시 주방으로 돌아갔다.

"심심하면 연애라도 해."

"누가 심심하대. 바빠죽겠다니까."

말은 그렇게 하면서도 고민지는 이정이 들어간 주방 쪽에서 눈을 떼지 못했다.

"그런데 너는 이렇게 벌어서 다 어디다 쓰니?"

"여기 얼마 남지도 않아. 그래봤자 과자 팔고 치킨 파는 건데."

"그거 말고. 이거."

고민지가 자신이 가져온 딸기 맛 오레오 통을 톡톡 두드렸다.

"굴리지. 좋은 데 투자해서 엄청 불리고 있다."

"어딘데. 나도 알려줘. 주식이야? 펀드야?"

"너는 출판사 직원이 그렇게 돈 돈 거리냐. 그렇게 돈이 궁하면 도둑질이라도 하는가."

"미치셨어요? 출판사도 돈 벌라고 하는 거지 무슨 문화 창달 하는 줄 아냐. 아, 저기 이정 씨. 치킨 너무 맛있어요. 어떻게 이렇게 겉바속촉이에요? 굽네 회장님 오시면 엎드려 절하고 레시피 받아 가겠네. 요즘 별일 없어요? 임금 체불 같은 거 당하면 참지 말고 저한테 바로 연락해요. 제가 이래 봬도 공무원 출신이잖아요. 노동청에도 빨대 많아요. 근데, 이정 씨. 이정 씨는 성이 뭐예요? 설마 정씨는 아니죠? 그럼 거꾸로 해도 정이정이잖아."

*

셔터를 내리는데 인기척이 느껴졌다. 젓가락처럼 마른
팔과 다리. 금방이라도 울 것 같은 얼굴. 언뜻 비치는 정아
의 표정. 오랜만에 보는 아주의 얼굴이었다.

"이제 뭐 좀 먹어요?"

아주는 고개를 가로저었다.

"그냥 종이…… 맛있는 종이 많아요. 맛도 느껴지고. 어
떤 건 질감도 재밌고."

"어떻게 사람이 종이만 먹고 살아요."

"물도 마셔요."

"많이 마셔야겠는데?"

"비타민도 먹고."

나는 아주와 함께 말없이 거리를 걸었다. 바닥에 흩뿌려
진 일수 명함이 발에 채였다. 스쿠터 한 대가 지나가며 또
다른 일수 명함을 표창처럼 날렸다. 아주가 날아오는 명
함에 맞을까 봐 신경이 쓰였다. 아주의 몸에는 그 종이가
박힐 것 같았다. 명함에 맞아 쓰러질 것 같았다.

"아버지는 잘 계세요?"

"아버지가 운영하는 펀드에 투자를 많이 하셨던데요?"

"그냥 좀…… 여윳돈이 있어서."

"게임에서 살아남은 사람들이 모여서 회사를 만들었대요. 거기에 투자를 많이 한 것 같아요. 책임감을 느끼는 것 같아요. 자기 때문에 모든 일이 일어났다는 책임감. 그로 인해 엄마를 잃었다는 생각. 내가 아무것도 먹지 않는 것도 자기 때문이라고 자책하고. 솔직히 말하면 그럴 이유가 없는데요. 나는 그냥…… 먹지 않기로 한 것뿐이에요. 그래도 되니까. 그래도 살 수 있으니까. 먹으면 자꾸 떠오르는 것들이 있으니까. 가끔은 머리맡에 둔 오레오를 하나 입에 물고 오래 빨아 먹기도 해요. 사탕처럼."

"어때요? 뭔가 느껴지는 게 있어요?"

"달다?"

"아, 그것뿐이라니. 아쉽네요."

"엄마 얘기가 듣고 싶어서 왔어요. 엄마가 그랬다고 했죠, 미안하다고. 생각해보니 들은 게 그것밖에 없어요."

나는 걸음을 멈췄다. 아주는 계속 걸었다. 내가 아주를 따라 다시 걸었다.

"마지막까지 엄마와 함께 있던 건 그쪽이잖아요. 정말

240

49일째 되던 날 하늘로 올라갔나요?"

"그게 왜 궁금해요?"

"49일이 궁금한 게 아니라, 모든 게 궁금한 거예요."

"그때 대기가 좀 많아서 52일인가. 며칠 더 머물렀어요."

"지금도 가끔 내려오고 그래요? 나를 보러 온다거나. 그쪽을 보러 온다거나 하진 않아요?"

정아는 단호한 표정으로 고개를 저었다. 정아를 본 건 오랜만이었다. 49일째가 되는 날 나는 그와 함께 있었다. 윤정아는 빛을 내며 사라지거나 하늘에 난 구멍으로 빨려들어가지 않았다. 아무 일도 일어나지 않았다. 그는 기뻐하며 아주 곁으로 갔다. 가끔씩 놀러 오겠다고 했지만 아주 곁에 있는 게 바쁜지 오지 않았다. 아는 척할 수 없다는 게 아쉬웠다.

"나를 뭐 하러 보러 오겠어요. 지금도 아주 씨 곁에 있지 않을까요."

"그럴까요?"

"네. 정말 그럴 거예요."

"저 이제 시카고로 가요. 이모랑 같이요."

"가끔 안부 전해요. 잘 지내는지 궁금할 것 같으니까."

"그럴 일 없어요. 그쪽 생각하면 엄마 일이 자꾸 떠오르니까."

아주가 입술을 깨물며 생각에 잠겼다. 자기 엄마와 똑같은 습관이었다. 걸음을 멈추더니 내 얼굴을 똑바로 응시했다. 무슨 말을 해야 할지 몰라 눈길을 피했다. 아주가 입을 열었다.

"하지만 엄마한테 소식 같은 게 있으면, 그러니까 그쪽은 어떻게든 그런 걸 보고 느낄 수 있는 거잖아요. 엄마가 다녀왔다거나 하면 나한테 꼭 알려줬으면 좋겠어요. 대화할 수 있으면 시카고에 내 주소를 알려주고요. 이런 거 부탁해도 되죠? 어려운 일 아니죠?"

아주가 쪽지를 내밀었다. 미국 주소와 이메일이 적혀 있었다.

"걱정하지 말아요. 나한테 찾아오면 꼭 알려줄게요."

저수지
타란티노는 찍먹일까 부먹일까

저수지에서 피어오른 안개가 수면 위에 잔잔히 떠올라 있었다. 김만도의 야광 찌는 바람을 따라 좌우로 흔들렸다. 누구에게도 방해받지 않는 순간이었다. 그는 생각에 빠져 있었다. 앞으로 해야 할 일들과 하지 않아야 할 일들. 이미 해버린 일들과 하지 않았어야 하는 일들. 적지 않은 시간을 보내고서도 해결되지 않는 고민투성이의 삶이었다.

뒤쪽에서 풀섶을 헤치는 소리가 났다. 방해꾼이 나타난 게 분명했다. 그런 사람들을 수없이 마주쳤다. 낚시에 대해서라고는 손톱만큼도 모르는 사람들. 낚시꾼 곁에서 아

무 말이나 지껄이며 시간을 죽이러 온 가짜 낚시꾼들. 김
만도의 관심은 하나뿐이었다. 그를 어떻게 쫓아낼 것인가.
소중한 혼자만의 시간을 어떻게 사수할 것인가.

"고기가 많이 잡히나요?"

"저기 사람 없는 데로 가시면 좀 잡히겠지. 이쪽은 내가
오래 앉아 있었는데."

상대방은 김만도의 노골적인 의사 표현에도 아랑곳하
지 않고 자리를 잡았다. 그는 김만도의 자리에서 불과 1미
터 남짓 떨어진 곳에 의자를 펴고 낚싯대를 던졌다. 폼이
엉성했다.

"제대로 고기를 낚고 싶으면 서로 멀찍이 떨어져야 하
는 거요. 적당한 거리라는 게 중요한 거지. 인생이랑 똑같
아. 젊은 친구 같은데 낚시는 언제부터 다녔나?"

"저는 오늘 처음 왔습니다."

"휴……. 됐다, 됐어. 배우려면 제대로 배워야지. 운 좋
은 줄 알아. 내가 한 수 가르쳐줄 테니까."

"감사합니다. 제가 방해가 되는 건 아니죠?"

"엄청나게 방해가 되지. 그렇다고 내가 낚시에 목숨 건
사람은 아니라고. 심심해서 왔나 본데 자기소개나 읊어봐."

김만도의 옆에 자리를 편 낚시꾼은 대답을 하지 않았

다. 김만도는 기분이 조금 상했다. 사람을 처음 만났으면 자기소개부터 하는 게 예의 아닌가. 그가 가장 중요하게 생각하는 건 규칙이었다. 규칙. 룰. 그런 것을 모르는 인간과는 상종할 수 없었다. 그는 이제 늙었고, 일에서 내쳐질 만큼 늙지는 않았지만 그에게 들어오는 일은 점차 줄어들고 있었다. 양아치가 너무 많았다. 낚시에 대한 이야기가 아니었다. 무식하게 단가를 깎으려 들고, 약속된 일에 어깃장을 놓는 놈들이 너무 많았다. 하지만 그는 모든 것을 잊기 위해 저수지에 왔다. 최대한 좋은 마음을 가지고 싶었다.

"왜 말이 없어. 동네 사람이야?"

"아니요. 저 서울 사람인데요."

"그런데 어떻게 여기까지 와서 처음 낚시를 해."

"여기 뭐가 많이 잡힌다고 해서요."

"그래봤자 전부 배스야. 나는 매번 잡아놓은 거 다 놔주고 가."

"와. 되게 관대하신 분이네요."

"관대하다고?"

"그렇잖아요. 죽을 운명인 물고기를 다시 풀어주신다는 거 아니에요."

은근히 사람의 기분을 긁는 말이었다. 김만도는 절에 다니며 봄가을마다 돈을 내고 방생하는 것을 거르지 않았다. 그러면서도 끊기 힘든 취미로 낚시를 계속하는 건 생각을 정리하기 위해서였다. 낚시터에서 만나 평생을 가는 인연도 있다지만 옛말이었다. 온갖 미친놈이 들러붙는 것을 막을 수가 없었다.

"사장님은 직업이 뭐예요?"

"묻기는 내가 먼저였는데. 나는 그냥 이것저것 합니다."

"이것저것도 분류가 있잖아요. 저는 뭐…… 작은 카페 같은 거 하거든요. 밤에 술 파니까 바라고 해도 좋고. 시간 되면 언제 저희 가게 한번 놀러 오세요."

"내가 모르는 사람 가게를 뭐 하러 가."

"모르긴 왜 몰라요. 이렇게 알게 된 건데."

야광 찌는 야속할 만큼 요지부동이었다. 김만도가 알고 싶은 건 검은 물 아래의 사정이었다. 예의라고는 찾아볼 수 없는 젊은 남자의 가게 같은 것에는 아무런 관심이 없었다. 그 젊은 남자가 갑자기 목소리를 깔며 생각지 못한 말을 늘어놓았다.

"생각해봤는데. 많은 사람들이 안 좋은 기억들이 있잖수.

아무리 애를 써도 그게 지워지지가 않는 거거든. 근데 적어도 그 흔적들은 제거할 수가 있단 말이지. 원인 제공자들 말이야."

김만도의 등줄기가 서늘해졌다. 문득 주변을 둘러봤다. 다른 낚시꾼이 어디쯤에 있던가? 들어오는 길에 있던 CCTV는 제대로 작동하는 건가?

"그게 뭔 소리야? 왜 갑자기 반말인데?"

"아니요. 제가 좋아하는 영화 대사인데요. 김지운 감독 영화 〈달콤한 인생〉 있잖아요. 거기서 선우가 백 사장한테 한 말이에요. 제가 사실 영화 하거든요. 좋아하는 대사 외우는 게 취미예요."

김만도의 바짝 쪼그라들었던 마음이 한결 풀어졌다.

"뭐야? 너 영화 해? 아니지. 갑자기 너라고 해서 미안하네. 자네 영화 하는구먼. 나도 그 바닥에서 오래 구른 몸이라."

"그러세요? 와. 이런 영광이. 저 감독 준비하는 총-오수안입니다. 입봉은 아직 못 했고요. 그냥 이렇게⋯⋯ 낚시나 다니고 있고요. 갑자기 슬퍼지네요."

"총오수안? 이름 한번 특이하네. 교포야? 기죽지 마. 영화판이란 게 한번 터지는 게 힘들어서 그렇지 되기만 하면 일사천리야. 박찬욱도 거 비디오방에서 알바를 몇 년 했다더라……. 그러니까 그것도 결국에는 성실성이고 인성이야. 내가 뭐라고 이런 말 하는지는 모르겠지만. 나는 뭐 그냥 보조 출연자들 관리나 하고 그랬어. 나도 좆도 아닌 새끼야."

"아니, 왜 말씀 그렇게 하세요. 선배님인 줄도 모르고 옆자리에 앉았네요."

"선배는 무슨."

"소주 한잔하실래요?"

"있으면 당장에 꺼내놨어야지 뭐 하는 거야. 육포라도 뜯으면서 한잔하자고. 어차피 오늘 낚시는 튼 거 같은데."

"선배님, 근데 제가 아기 나오는 영화를 하고 싶거든요. 그런 것도 다 섭외가 돼요?"

"왜 안 돼. 보육원에 놀고 있는 갓난쟁이들이 얼마나 많은데. 아역이야 좀 까다롭지. 연기도 좀 돼야 하고. 부모랑도 얘기를 잘해야 되고. 그런데 아기는 그런 거 없어. 보육원에 연락 돌려서 적당한 애 수배하면 되는 거야. 미국 같은 데는 그것도 다 규정이 있어서 인형 같은 것도 쓰고 그러던데. 한국은 아직 그런 거 없거든. 필요하면 얘기해. 내가 명함은 안 가져왔는데 번호 줄게. 핸드폰 줘봐."

"여기요. 통화 눌러주세요. 제가 뭐라고 저장하면 될까
요?"

"그냥 김 반장 해놔. 반장만 20년이야. 필요한 거 있으면
얘기해. 조명이든 음향이든 내 아는 사람이 한 트럭이니까."

"그런데요, 김 반장님. 제가 궁금한 게요. 애가 우는 장면
이 필요한데 울지를 않아요. 그렇다고 울 때까지 기다릴 수
도 없잖아요. 그럴 때는 어떻게 해요?"

"어떻게 하긴 뭘 어떻게 해. 옛날 같았으면 그냥 허리 살
을 꼬집어버리는 거지. 걔들 어차피 부모도 없이 보육원에
서 보내갖고 일당이나 챙겨 가는 애들인데. 그렇다고 너무
심하게 하지는 마. 불쌍하잖아. 그리고 요즘 같은 세상에 그
러다가 걸리면 난리 날 거 아니야. 적당히 울려. 적당히. 발
가락을 쥐어 잡든. 목덜미를 긁든. 그런 게 고민이야? 와,
이 친구 이거 완전 초짜구먼. 궁금한 거 있으면 다 얘기해
봐. 아는 거는 얘기해줄 테니까. 애기들은 일도 아니야. 예
전에는 아역들도 다 밤새우고 그랬는데. 세상이 변했어. 뭔
가 점점 더 어려워지는 것 같아. 옛날이 좋았지."

"저기요, 김 반장님."

"왜."

"귀 좀 대보세요. 제가 비밀 하나 알려드릴게요."

"비밀은 무슨. 남사스럽게."

"얼른요."

김만도가 총-오수안을 향해 허리를 굽혔다. 손바닥을 구부려 나팔을 만든 총-오수안이 김만도의 귀를 감쌌다. 입김을 불어넣듯 부드럽게 방아쇠를 당겼다.

"빵."

"뭐라고?"

소리 하나라도 새어 나가지 않도록 손나팔을 단단하게 만들었다. 총-오수안이 나지막이 읊조렸다. 처음부터 하고 싶은 말은 그것 하나뿐이었다.

"빵."

순간, 김만도의 머릿속이 무너져 내렸다. 눈앞이 캄캄해지며 몸이 휘청거렸다. 저수지까지 운전해서 온 일과, 적당한 포인트를 잡아 낚싯대를 던진 일, 시간에 맞춰 미끼를 바꿔준 일들이 유달리 선명해졌다. 몇 시간 사이에 일어난 저수지의 기억을 제외하고는 모든 게 희미했다.

"빵."

그의 귀에 자꾸 이상한 소리가 들렸다. 그건 총-오수안의 입에서 나오는 소리였다. 총소리였다.

"그러니까 김 반장은 나한테 아주 좆같은 기억이었고 난, 그…… 휴…… 다 집어치우고 한 가지만 물어보자. 넌 도대체 나한테 왜 그런 거냐."

김만도의 오른쪽 입꼬리를 타고 침이 흘러나왔다. 삭제 버튼을 누른 폴더처럼 그의 머릿속에 저장돼 있던 기억은 오래된 순서로 삭제되는 중이었다. 집으로 돌아가는 길 정도만 남고 제대로 된 기억은 하나도 없었다. 김 반장을 아직도 김 반장이라고 할 수 있을까? 총-오수안은 주섬주섬 짐을 챙겼다. 자기 흔적이 드러날 만한 물건은 비닐봉지 하나 남기지 않았다. 김 반장의 핸드폰을 열어 자신의 번호를 지우고, 물 한가운데를 향해 힘껏 던졌다. 놀란 고기 한 마리가 번쩍 치솟았다가 수면으로 떨어졌다. 먼 곳에서 개들이 짖었다.

§

게임을 시작하시겠습니까?

안녕하십니까. 우리는 당신의 친구. 하지만 너는 친구 없다.

동료에 화가 나 있습니까? 축적된 불만. 해소할 수 없는 감정의

꽉 막힌 소용돌이. 당신은 괴롭다. 그리고 괴롭힘당하고 있습니까?

완전히 보장된 비밀에 의거하여 총기를 구입하고 싶습니까.

이 게임은 완전한 무료. 오히려 지급되는 당신에게 보너스.

국제적인 물류 진행으로 전달하는 **AR-15**가 당신을 기다립니다.

베트남에서 대단히 뛰어난 전공을 세운 베테랑으로

전 세계의 군부대에서 여전히 사용하는

신뢰할 수 있는 화기의 민수용 제품이다.

그것은 물론 탄약**bullet**과 함께 전달해드립니다.

당신은 책임져야 합니다. 당신의 선택에. 결제 의무는 당신의

주체적인 행위로 이루어질 것을 권고합니다.

하지만 축하합니다! 우리는 당신의 친구로 앞으로도 좋은 친구가

되고 싶기에 구입을 돕겠습니다.

우리의 전문가가 당신의 계좌 개설을 도와줄 것입니다.

https://www.offshorecompany.com/ko/banking/best/cayman-

islands/banks/

케이맨 군도 은행. 60000 바로 아래에

인구가 3개밖에 없는 케이맨 제도는

극소수의 카리브 국가입니다. 하지만 그 크기가

너를 속이게 하지 마라.

케이맨 군도는 세계에서 거인입니다. 역외 은행.

당신에게 입금합니다. 게임을 시작한다면. 대가를 바라지 않습니다.

고통에서 벗어나고 싶습니까? 당신을 화나게 한 이들과

고통을 분담하고 싶습니까? 준비가 되었다면

우리에게 답장하십시오.

축하합니다! 당신은 행운아입니다.

완전한 우연으로 당신에게 이 메일이 전달됐습니다.

당신의 필요한 AR-15가 전달되기를 바란다면 답장할 것이다.

모든 부품은 분리되어 발송되고 아무에게도 추적당하지 않습니다.

가구를 주문해 조립할 수 있다면 총도 마찬가지입니다.

쉽다. 이케아보다. 이것은 선물입니다. 당신의 행운이

당신에게 기회를 만들었습니다.

게임의 내용은 동의 이후에 당신에게 전달됩니다.

동의는 게임의 완수를 서약하는 것. 동의는 철회될 수 없고

페널티를 동반합니다. 모든 것은 당신이 책임집니다.

우리는 당신의 AR-15를 책임질 계획으로

1시간 안에 긍정의 답장이 전달되기를 기다린다.

원치 않는다면 지금이라도 이 메일을 삭제하세요. 1시간입니다.

당신의 행운은 너를 기다려주지 않는다.

당신의 동료보다 먼저 우리의 연락을 받은 것이. 일 시간 먼저.

무척 의미 있는 일이라고 생각합니다. 우리는 바랍니다.

당신이 행복하기를.

억압에서 벗어나기를.

모든 고통에서 자유로워지기를.

Sincerely,

총.

※ 'https://www.offshorecompany.com/ko/banking/best/cayman-islands/ banks/'는 실재하는 사이트이며 설명글 또한 사이트에서 발췌한 것입 니다.

※ 16페이지 의사의 답변 중에 『도덕경』 40장의 내용이 섞여 있습니다.

※ 83~85페이지 오레오에 대한 내용은 한국 위키피디아를 참조했으며 원 문은 동서식품의 2011년 오레오 소개 페이지입니다. 현재는 해당 페 이지의 내용이 삭제되었으며 아카이빙된 사이트(https://web.archive. org/web/20120120195229/http://www.oreoday.co.kr/oreo/oreo.asp#) 를 통해서만 확인할 수 있습니다.

※ 234페이지에 등장하는 현준이, 영철이, 재민이, 성필이는 실제 인물과 관련 있습니다.

창식이와 김만도는 내가 쓴 첫 습작
「눈꺼풀은 왜 떨리는가」에 나온 인물들이다.
9년 만에 다시 만났다.

'스모킹 오레오'라는 제목의
장편소설을 쓰고 싶다고 메모했다.
첫 문장을 쓰는 데 6년이 걸렸다.

계속 쓰면 길이 생긴다고 믿으며 썼다.
그런데 요즘은 잘 쓰지 못하고 있다.

뒤를 돌아보면 내가 온 길은 길이 아니다.
둘러보면 모든 것이 무너져 있다.
그래도 써야 한다고 생각하는 게 신기하다.

요즘엔 하루에 한 끼를 먹는다.
빈속이 아우성을 치면
닥쳐, 하고 조용히 타이른다.

오늘은 비가 오지만 곧 무더워질 것이다.
추운 나라에 가서 살고 싶다.

사랑하는 사람들에게 사랑을
고마운 사람들에게 고마움을
미안한 사람들에게 미안한 마음을 전한다.

2020년 8월

김홍